腹有青史言有章

蒙曼讲古代人物

魏晋南北朝

蒙曼 著

湖南文艺出版社
HUNAN LITERATURE AND ART PUBLISHING HOUSE
·长沙·

小博集
BOOKY KIDS

目 录

陈半丁 《牡丹》◎

甄夫人

◇

　　两汉之后便是三国。三国之中，当属魏国最为人才济济，文采风流。曹操横槊（shuò）赋诗，他和曹丕、曹植，父子三人①开创了中国文学的建安风骨，这是中国文学史上了不起的大事。在这样的时代底色下，有一位女性，游走在曹家父子兄弟之间，衣袂（mèi）一举，也成就了一段传奇。这位女性，就是魏文帝曹丕的皇后，传说中曹植曹子建的梦中情人甄（zhēn）夫人。

　　说到甄夫人，好多朋友可能根本不知道她是谁，但是，如果我说"翩若惊鸿，婉若游龙"，或者说"凌波微步，罗袜生尘"，大家一定会恍然大悟。其实，"翩若惊鸿，婉若游龙"也罢，"凌波微步，罗袜生尘"也罢，都出自曹植所写的《洛神赋》，而这位让曹植念念不忘的美丽洛神，古往今来很多人都认为，就是曹子建的嫂子，曹丕的皇后甄夫人。

_____

① 曹操和儿子曹丕、曹植因为政治上的地位和文学上的成就，对当时的文坛影响巨大，被人们合称为"三曹"。

建安文学

曹操不仅是政治家，还是文学家，他引领和开创了建安文学。其风格继承了汉乐府民歌的现实主义传统，风格遒劲，具有慷慨悲凉的阳刚之气，被称作"建安风骨"。建安文学的代表人物有曹操、曹丕、曹植，以及孔融在内的建安七子。

短歌行

三国 曹操

duì jiǔ dāng gē　　rén shēng jǐ hé
对酒当歌，人生几何？

pì rú zhāo lù　　qù rì kǔ duō
譬如朝露，去日苦多。

kǎi dāng yǐ kāng　　yōu sī nán wàng
慨当以慷，忧思难忘。

hé yǐ jiě yōu　　wéi yǒu dù kāng
何以解忧，唯有杜康。

qīng qīng zǐ jīn　　yōu yōu wǒ xīn
青青子衿，悠悠我心。

dàn wèi jūn gù　　chén yín zhì jīn
但为君故，沉吟至今。

yōu yōu lù míng　　shí yě zhī píng
呦呦鹿鸣，食野之苹。

wǒ yǒu jiā bīn　　gǔ sè chuī shēng
我有嘉宾，鼓瑟吹笙。

míng míng rú yuè　　hé shí kě duō
明明如月，何时可掇。

yōu cóng zhōng lái　　bù kě duàn jué
忧从中来，不可断绝。

越陌度阡，枉用相存。
yuè mò dù qiān　wǎng yòng xiāng cún

契阔谈讌，心念旧恩。
qiè kuò tán yàn　xīn niàn jiù ēn

月明星稀，乌鹊南飞。
yuè míng xīng xī　wū què nán fēi

绕树三匝，何枝可依？
rào shù sān zā　hé zhī kě yī

山不厌高，海不厌深。
shān bú yàn gāo　hǎi bú yàn shēn

周公吐哺，天下归心。
zhōu gōng tǔ bǔ　tiān xià guī xīn

　　这位甄夫人，是汉末三国时期著名的美女，当时号称"南乔北甄"。所谓乔，就是庐江桥公的两个女儿，大乔嫁给了孙策，小乔嫁给了周瑜。当年，苏东坡一句"遥想公瑾当年，小乔初嫁了（liǎo）①"，真是让人浮想联翩。而甄，则是出身于中山郡无极县，也就是今天河北无极的甄夫人。这位甄夫人先是嫁给了袁绍的二公子袁熙，后来，曹操攻打袁绍，长子曹丕率先攻入袁府，只见一个少妇披头散发，脸上也黑一块白一块，躲在袁绍的夫人刘氏身后哀哀哭泣。曹丕问她是谁，刘夫人回答说："这是我二儿媳妇，袁熙的妻子。"曹丕早就听说过

---

① 出自北宋苏轼的名篇《念奴娇·赤壁怀古》。周瑜字公瑾。

甄氏的大名，不由得大吃一惊，走过去，帮她把发髻（jì）绾（wǎn）起来，又用巾子给她擦擦脸，一个绝色美女有如蝉蜕一样出现在了他的面前。刘氏看着曹丕这一系列操作，叹了一口气说："现在我们不用担心被杀了！"就这样，甄氏华丽转身，由袁夫人变成了曹夫人。

可是，真正影响甄氏后世形象的，并不是她的丈夫曹丕，而是她的小叔曹植。据说，当时仰慕甄氏美色的不止曹丕一人，大才子曹植也非常渴慕甄氏，为她"昼思夜想，废寝与食"，只可惜被大哥捷足先登，等他再见到甄氏的时候，甄氏已经成了他的嫂子。而甄氏呢，其实也仰慕才高八斗[①]的曹子建，但是，身为战利品，她能有什么选择权呢？所以，两人虽然是才子佳人，郎情妾意，但是，碍于君臣叔嫂的名分，也只能把感情暗暗地埋到心底。再到后来，甄夫人失宠，被曹丕赐死，结局非常凄凉。她死后，曹植从封地鄄（juàn）城到洛阳朝见哥哥。曹丕拿出一个玉镂金带枕给曹植看，还说，这是甄夫人当年用过的。曹植睹物思人，涕泪纵横。事已至此，曹丕也不由得心生感慨，干脆就把这枕头送给了曹植。这就是李商隐《无题》诗中所说的"贾氏窥帘韩掾（yuàn）少，宓（fú）妃留枕魏王才[②]"，想想看，

---

① 《南史·谢灵运传》中，谢灵运评价曹植说，"天下才共一石（dàn），曹子建独得八斗，我得一斗，自古及今共用一斗"。"石"是古代的计量单位，一石等于十斗。谢灵运认为将天下的才华算作一石的话，曹植一个人就占了八斗，谢灵运自己占了一斗，古今其他文人加一起占了最后一斗。后来人们用才高八斗比喻很有才华。

② 贾女隔着帘子悄悄看韩寿，是喜欢他年轻英俊；宓妃（洛神，代指甄夫人）赠给曹植玉枕，是因为钦慕他的文才。

这样郎才女貌，爱而不得的故事，多么香艳，又多么风流啊！

可是，故事到这里并没有完。等到曹植朝见完毕，返回鄄城，途经洛水，夜宿舟中，就枕在那个玉镂金带枕上。恍惚之间，好像看见甄夫人凌波御风而来，对他款款说道："我本来是喜欢你的，可惜未能如愿。这枕头是我从娘家带来的，以后就让它陪着你吧。"曹植一下子惊醒过来，原来是南柯一梦①。曹植回想梦中情景，不由得文思泉涌，写下一篇《感甄赋》。赋里说，他经过洛水，遇到了美丽的洛水之神，洛神跟他两情相悦，但是人神两隔，曹植和洛神最后只能依依惜别，留下无尽的惆怅。

有谁会怀疑曹子建的文采呢？这篇赋一出来，马上洛阳纸贵，人人传诵。此事毕竟事关皇家体统，所以，等到甄后的儿子魏明帝曹叡（ruì）继位后，就下令把这篇赋改名为《洛神赋》，想要撇清关系。可这一改，不就成了此地无银三百两了吗？从此，吃瓜群众心中，就形成了一个牢不可破的印象——《洛神赋》就是写甄夫人，甄夫人就是曹子建的梦中情人。有了这么一个印象，不仅甄夫人的合法丈夫曹丕靠边站了，连甄夫人自身的形象也模糊不清起来，成了"凌波微步，罗袜生尘"的洛神。在古代传说里，洛神是伏羲（也称宓羲）的女儿，

---

① 《南柯太守传》是唐传奇，故事里，淳于棼（fén）在一株槐树下醉倒，梦见自己成了槐安国驸马，与金枝公主结婚，被任命为南柯太守，荣耀一时。后来槐安国与檀萝国交战失败，金枝公主也病死了，他被谗言影响，失去国王信任，被遣返故里。路途中他惊醒过来，发现刚才的故事只是大梦一场，槐安国和檀萝国竟都是蚁穴。人们用"南柯一梦"形容大梦一场，或比喻空欢喜一场。

东晋 顾恺之（宋摹）《洛神赋图》◎

于是，吃瓜群众干脆给甄夫人取了一个名字，就叫甄宓。

问题是，这个故事是不是真的呢？大概率不是。只要算一算双方的年纪就知道了。当年，曹操打败袁绍的时候，甄氏二十二岁，曹植刚刚十二岁。一个十二岁的小孩子爱上艳若桃李的嫂子，也许还有点青春期的幻想因素在，但是，一个二十二岁的成年女子爱上十二岁的小弟弟，这样的可能性又有多大呢？退一步讲，就算是曹植和甄氏真的跨越年龄，两情相悦，甄氏死后，曹丕为什么要把甄氏的枕头送给曹植呢？这也太不符合儒家礼法了吧？就算是曹丕居心叵测，故意拿甄氏的枕头来刺激曹植，曹植又怎么敢接这一招，还公然写《感甄赋》回应呢？这不是在太岁头上动土吗！这样看来，这个故事太不符合常情常理，很可能不是真的。既然如此，这个故事是从哪儿来的呢？这个故事最早见于唐朝学者李善给《昭明文选》做的注，就写在《洛神赋》的标题下面。问题是，李善并不是个信口开河的小说家，相反，他是一个学问很好的正人君子，人称"书簏（lù）"，也就是书筐。平白无故，他为什么编这么一个故事呢？

问题很可能出在这篇赋的题目上。这篇赋最早叫什么？现在人们都说叫《感甄赋》。但是，有学者指出，这《感甄赋》中的"甄"字，很可能是鄄城那个"鄄"字的讹写。当初，曹植不是分封在鄄城吗？就是现在山东菏泽的鄄城县。所谓感鄄，其实就是对他自己受封鄄城，无所事事的感慨。可是，既然感鄄，为什么要写好几百里之外的洛神呢？因为曹植当年刚刚到洛阳朝觐①（jìn）过自己的哥哥魏文帝曹丕，

---

① 臣下拜见君王叫朝觐。

随即又渡过洛水，返回鄄城。哥哥对他的猜忌让他忧愤①，回到封地又让他落寞，汨汨流淌的洛水提醒他生命易逝，满天的云霞又让他浮想联翩，就在这样复杂的心境之下，一位美丽而缥缈的洛神出现在了诗人笔端。洛神虽然美丽，却不能和君子结为连理，不就象征着曹植才华横溢，却被哥哥曹丕猜忌，抱负不得施展吗？这才是受封于鄄城，也受困于鄄城的曹植最深沉的感慨。也就是说，赋里头那个美丽的洛神不是别人，其实就是曹植自己，是才高八斗的大文人运用了屈原香草美人式的写法，把真实的自己掩藏了起来。可是，鄄城的鄄字和姓甄的甄字字形相似，所以在传抄过程中，就传成了《感甄赋》。这个错误一出来不要紧，人们立刻从美丽的洛神联想到了美丽的甄后，随即脑补出一段才子佳人的动人传奇。传到唐朝，连大学者李善都信以为真，干脆把它写进书里了。也就是说，这个故事虽然有情有趣，但却并不符合历史事实。

那么，如果我们抛开浪漫故事，再回过头来看历史上的甄夫人，她到底是个怎样的女子呢？她其实并不浪漫，相反，她是那个时代标准的好女儿、好妻子和好媳妇，可惜，却并没有得到好的结局。

先说好女儿。据《魏书》②记载，甄夫人从小就喜欢看书，而且

---

① 我们都听过曹丕因为猜忌曹植，让他七步成诗的故事。这个故事出自南朝宋刘义庆的《世说新语》。《世说新语》不具备太强的史料价值，所以七步成诗的故事不见得是真的，但曹植一生被曹丕猜忌，不被重用，无法施展政治抱负却是真的。最终，曹植一生不得志，郁郁寡欢而亡。

② 北魏史书，也是二十四史之一。到宋朝时已经丢失了二十九篇。

过目不忘，还经常拿着几个哥哥的纸笔写写画画。哥哥们就笑她说："你是女人，就应该学习女工①。整天读书写字有什么用，难道你以后还想做女博士吗？"现在还有无聊的人拿女博士的头衔嘲笑有学问的女人，其实就是从这儿来的。那么，甄氏是怎么回答的呢？她说："自古以来，凡是贤德的女子都要学习前人，用前人的成败来警示自己。我如果不读书，又怎么能借鉴前人呢？"找这么正当的理由来读书，是不是今天我们常常挂在嘴边的"别人家的孩子"？甄夫人十几岁的时候，正赶上汉末大乱。老百姓为了活命，纷纷贱卖家产。甄家不是大户吗？就趁机收购了大量宝物。看到这种情形，甄氏便对母亲说："乱世求宝，绝非善策。古人讲'匹夫无罪，怀璧为罪'，这就是所谓的因财丧身啊。现在正闹饥荒，不如咱们开仓放粮，赈济乡邻，这样既是施惠于人，其实也是自保之道。"母亲听她说得有理，真就开仓放粮，不仅救活了不少乡邻，还借此提升了甄氏一族在当地的地位。想想看，一个十几岁的女孩子，能够这样深谋远虑，审时度势，这不是家里的福气吗！

再说好妻子。到底什么才是好妻子，古代和现代的标准并不相同。现在的好妻子一定要和丈夫彼此忠诚，相濡以沫，这也是当代婚姻的基本要求。可是在古代，所谓的好妻子却一定要宽宏大量，绝不能独霸丈夫。当年，曹丕在娶甄夫人之前，已经有一位任夫人了。任氏出身大族，本来跟曹丕门当户对。但是，在美丽的甄夫人面前，她自然

---

① 在古代通常指女性常做的纺织、刺绣、缝纫等事。

是相形见绌（chù）了。任夫人不能容忍鹊巢鸠占，便仗着原配妻子的身份，跟曹丕使性子。可这样一来，曹丕就更不喜欢她了，干脆要把她废掉。按道理，废掉任夫人，甄夫人就能更上一层楼，她应该高兴才是。可是，甄夫人并没有附和曹丕，反倒说："任氏是乡党名族，无论品德还是美色都首屈一指，你为什么要遣走她？天下人都知道我受你的宠幸，现在你赶走任氏，无论出于什么理由，别人也肯定会说是因为我。这样一来，不仅公婆会骂我自私，其他的夫人们会怨我专宠，天下人也会觉得我跋扈（bá hù）。你就算替我考虑，也不要赶她走吧！"当然，曹丕最终并没有接受甄夫人的劝谏，还是赶走了任夫人。但是，无论如何，甄夫人在这件事上的表现仍然给她加分不少。有雅量，不嫉妒，这不就是帝王家标准的好妻子吗？

再说好媳妇。所谓好媳妇，自然是指伺候婆母周到。甄夫人的婆婆卞夫人在历史上非常出名，她有胆有识，经常跟着曹操一起南征北战，算是一位铁娘子。而甄夫人基本上都留守在曹魏的大本营邺（yè）城，承担着贤妻良母的传统角色。很明显，婆媳两人志趣不同，说话也未必投机。既然如此，甄夫人如何践行孝道呢？建安二十一年（216），曹操率领大军东征孙权，甄夫人的丈夫曹丕、儿子曹叡、女儿东乡公主都随军出征，只有甄夫人留守邺城。这次出征差不多走了一年，直到第二年的九月，大军才回到邺城。大军回师，彼此见面之后，卞夫人发现甄夫人更丰满漂亮了，不由得说了一句："你的一双儿女都在军中，你跟孩子分别那么久，难道不惦记他们吗？怎么倒是一副心广体胖（pán）的样子？"这一句寒暄颇有见不得媳妇好的意思。而且，你怎么回答都是错。说自己其实很惦记？那别人心里有

三国

三国时期从 220 年曹丕代汉称帝起，到 280 年吴国亡国为止，共 61 年。

·220 年，曹丕代汉称帝，国号"魏"，定都洛阳（今河南洛阳市东），亦称"曹魏"。

·221 年，孙权在武昌（今湖北鄂州）称"吴王"，229 年称帝，国号"吴"，亦称"孙吴""东吴"。

·221 年，刘备在成都（今属四川）称帝，国号"汉"，史称"蜀"或"蜀汉"。刘备死后，诸葛亮曾多次出兵攻打魏国，并写下名篇《出师表》。

·263 年，蜀被魏所灭。

·266 年，司马炎代魏称晋。

·280 年，吴被晋所灭。

事都会憔悴，你怎么还胖了呢？说自己不惦记？那你还有没有心肝？连孩子都不惦记，自然更不会把别人放在眼里了！那么，甄夫人是怎么回答的呢？她说："曹叡他们都跟着您，有您精心管教照顾，我还有什么可担心的呢！"看到没有？这就是说话的艺术，她没有纠缠自己惦记不惦记儿女，而是把话题转到卞夫人这里了，孩子跟着奶奶，我就一点都不担心，这不是变着法子恭维卞夫人是好祖母吗？一句话让卞夫人见识了媳妇的机敏权变，既然是棋逢对手，将遇良才，卞夫人自然也就不再为难甄夫人了。

　　这就是正史中的甄夫人，不仅有美貌，还有智慧，有贤德，上上下下都打点得明明白白，这是不是意味着终身受宠，福寿无疆呢？却又不是。所谓强中自有强中手，甄夫人遇到了一个重量级对手，名叫郭女王。看到这里，可能读者朋友都糊涂了，郭女王难道是一位姓郭的女王吗？这"女王"二字可不是封号，它就是郭夫人的名字。据说，郭夫人从小秀丽聪慧，她爸爸说："我这个女儿，堪称女中之王。"于是，就给她取了这么一个霸气的名字，叫郭女王。郭女王长大之后，果然人如其名。她被选入曹丕的东宫之后，正好赶上曹丕和曹植的夺嫡之战。在那场大战之中，郭女王因为擅长谋划，为曹丕出力不少。有了这样的大功，温柔贤惠这样的小才微善就算不得什么了。曹丕心中的天平越来越倾斜到郭女王这边，甄夫人也像当年的任夫人一样，靠边站了。到这个时候，甄夫人才意识到，所谓宽宏大量、毫不嫉妒只是在内心特别踏实的情况下才能做出的一种姿态，此时此刻，面对着来自郭女王的强大挑战，她再也没法心静如水。甄夫人是读过书的女子，据说她写了一首诗，叫《塘上行》。"众口铄黄金，使君生别离。念君去我时，独愁常苦悲。"别人用言语来中伤我，让你生生地离开了我。一想到你已经离开我了，我就悲苦忧伤，不能自已。她还说："莫以豪贤故，弃捐素所爱。莫以鱼肉贱，弃捐葱与薤（xiè）。"请你不要有了身份和地位，就抛弃从前所爱。请你不要因为鱼肉多了，就抛弃大葱和薤菜。她恳求丈夫不要听信谗言，希望他不要喜新厌旧。这样的诗就算谈不上文采斐然，至少可以称得上哀婉动人吧？可是，就像亦舒在《爱情之死亡》里说的那样："当一个男人不再爱他的女人，她哭闹是错，静默也是错，活着呼吸是错，死了也是错。"甄夫人这首《塘上行》并没有打动曹丕的心，相反，倒成了她心怀怨念的罪证。黄初二年（221）六月，曹丕以口出怨言为罪名，将甄夫人赐死，甄夫人时年三十九岁。据说，她死的时候，郭女王命人将她以米糠塞口，以头发覆面。一个最伶俐的女子再也说不出话，一个最美丽的女子再也露不出脸，这不是人生最大的伤痛吗！可是，历史的脚步并没有停。就像二乔永远活在了"东风不与周郎便，铜雀春深锁二乔①"那美丽的诗句中一样，甄夫人也永远活在了《洛神赋》那华丽的文字里。时至今日，人们一看到《洛神赋》，总会本能地联想起甄夫人。为什么人们愿意相信这个并不真实的故事呢？很简单，因为"恻隐之心，人皆有之"。美丽而不得善终的甄夫人赢得了人们的同情，就像才高八斗却又不得施展的曹子建也赢得了人们的同情一样。人们愿意借助才子的文章一遍遍地回味着美人的风姿。那是什么样的风姿呢？她不像《诗经·卫风·硕人》中的那样"手如柔荑，肤如凝脂。领如蝤蛴（qiú qí），齿如瓠（hù）犀②"，那是纯粹的静态美。《洛神赋》活脱脱地写出了美人的灵动，就拿我们最熟悉的那两句来说吧。什么叫"翩若惊鸿，婉若游龙"？这是说她身形翩跹，仿佛惊飞的鸿雁；她体态婉转，

---

① 出自唐朝杜牧《赤壁》"折戟沉沙铁未销，自将磨洗认前朝。东风不与周郎便，铜雀春深锁二乔"。

② 这一句是在描写春秋时期的女子庄姜，她的手就像茅草初生的嫩芽一样又嫩又细长；皮肤像凝结的油脂一样洁白无瑕；脖子像天牛的幼虫一样又长又圆润；牙齿像瓠瓜的子一样又小又白又整齐。

好像游动的蛟龙。这是多么高贵而又灵活的身段呀！难怪小说家要把最美的舞蹈命名为"惊鸿舞"。什么叫"凌波微步，罗袜生尘"？是说她踏着洛水姗姗而来，脚步轻盈得好像在水上漂动，那水上微微卷起的水波，仿佛是她的罗袜卷起的尘埃。这是多么轻盈的身姿呀，难怪小说家要把最高明的轻功命名为"凌波微步"。这惊鸿一瞥、凌波而去的洛神，最终成为人们心头的美丽经典，让甄夫人洗掉了现实的屈辱，获得了文学上的永恒。

【思考历史】

◇ 看一看曹操、曹植和曹丕的诗，说一说他们的诗好在哪里？又有何不同？

◇ 曹丕和曹植经历了怎样的争储过程？曹操为什么最终选择曹丕为继承人？

◇ 看看曹植的《洛神赋》全篇，也去看看大画家顾恺之的名画《洛神赋图》。它们各自是如何描摹洛神的美丽的？

　　班昭、蔡文姬那样的贵族妇女只是古代女性中的极少数，让我们把眼光放平，看看平民人家的杰出女性。本文的主人公，是中国古代四大贤母之一，东晋名将陶侃的母亲湛氏，或者，我们就按照习惯，称她为陶母。

　　我们中国是一个重视教育的国度，古代的四大贤母的案例都是教育家，而且都留下了最经典的教子案例。孟母的案例是孟母三迁，陶母是截发留宾，欧母是画荻（dí）教子，岳母是岳母刺字。有这样的慈母教学问、教做人，孟子才能成为亚圣，陶侃才能位列武成王庙的六十四将之一[①]，欧阳修才能跻身唐宋八大家之列，岳飞也才能成为光耀千秋的武穆王[②]。不过，虽然都是教育家，也都把儿子教育成

---

① 古人遵奉姜太公为武成王，为他设立了武成王庙进行祭祀。在庙里一起配享祭祀的，还有六十四位历朝历代的名将。

② 宋高宗赵构在位时，岳飞的冤屈始终没有得到昭雪。直到宋孝宗时，岳飞才被按照应有的礼节重新安葬。之后，他被追封，谥号武穆。

仙姿出尘修
铁骨试寒香
花香笔亦香
闲香泌人口中
来观四季长
蕙心手众物
似婦 辛丑
初冬半丁老人時
年八十又六 陈半丁

陈半丁 《水仙梅石》◎

了一代人杰，但我一直觉得，陶母跟其他三位又不太一样。她的处境，比其他三位都困难；她的性格，也比其他三位都复杂。

其他三位母亲，孟母也罢，欧母也罢，岳母也罢，都处于社会变动比较剧烈的时代，阶层更替相对较快，普通人家的孩子也有更多的机会出人头地。比如，孟子出身于战国时代，那可是中国历史上最著名的大变革时代。平民有了军功就能封官授爵，策士有了谋划就能纵横捭阖（bǎi hé）[1]，同样，士人有了学问就能著书立说、傲视王侯。整个社会规矩少，空间大，孟子赶上了这样的时代，这才能周游列国，讲学著述，如鱼得水。再比如欧阳修，他赶上的大时代是北宋。那可是科举制的黄金时代。唐朝的科举制还处于发展阶段，一年只选几十个人，在整个官僚队伍里成不了气候；而明清科举制又僵化了，只知道背四书，写八股文，把人都学成了书呆子。只有宋朝的科举制，真是星汉灿烂，意气风发，一大批平民家的才俊儿郎都通过科举考试踏进仕途，这才叫"朝为田舍郎，暮登天子堂。将相本无种，男儿当自强[2]"。欧阳修就是那个时代的寒门贵子之一。再说岳飞，他赶上的时代是宋金战争。战争虽然残酷，但是也公平，在战场上，能打胜仗就是硬道理，这样，他也才能从一介平民脱颖而出，位列"中兴四

---

[1] 纵横：合纵和连横的简称，是战国时策士游说的两种策略。捭阖：开合。纵横捭阖指在政治或外交上运用手段进行分化或拉拢。

[2] 出自宋朝汪洙的《神童诗》，意思是早上还是在田间劳作的种田郎，傍晚就登上了天子的朝堂；王侯将相并不是天生的，男儿要自强。这首诗里还有一句名句"万般皆下品，惟有读书高"。

将①"之一。身处这样的大时代，做母亲的只要把孩子教育好就够了，剩下的机会，时代会给他。

但是陶母不一样，她面对的是一个阶层相对固化的时代。陶母和陶侃生活在两晋之际，而西晋和东晋，恰恰对应着中国历史上门阀社会的形成直至鼎盛时代。所谓门阀，就是门第和阀阅②，这可是那个时代决定一个人前途命运的最重要因素。按照"龙生龙，凤生凤，老鼠的儿子打地洞"的原则，名门望族永远高高在上，寒门小户也永远沉寂下僚，这就是所谓的"上品无寒门，下品无世族"。在这样的时代，如果出身不好，就算再有学问本领，也很难施展。

而陶侃，偏偏就是一个出身寒门的人。陶侃是江西鄱阳人，他的父亲陶丹是孙吴政权③的扬武将军，这是个武官，地位不高不低。但是，他的母亲姓湛，出身寒微，她并不是陶丹的正妻，只是一个小妾。要知道，魏晋南北朝时期礼法森严，妾生的儿子根本不被认可，跟家里的奴仆差不多。有这么一个出身，长大之后，陶侃自然也就跟做官无缘，只能当一个县里的鱼梁吏。所谓鱼梁，就是在水中筑堰，用来捕鱼。而鱼梁吏呢，就是主管鱼梁的一个小吏。相当于现在的基层渔业管理员。干这个差事能挣一点钱养家糊口，但是，再往上走却是难上加难。按照那个时代的通行法则，陶侃应该就在这个位置上干

---

① 靖康之耻后，北宋覆灭，宋朝廷南渡，被称为南宋。当时朝堂上以岳飞为代表的四位将领战功卓著，在抵抗金兵、保卫南宋的过程中起了重大作用，被誉为"中兴四将"。
② 门第指家世，也指显贵之家，家庭或家族的社会地位。阀阅指功勋或有功勋的世家。
③ 三国时期孙权建立吴国，后人称为"孙吴"。

一辈子了。

但事实上，陶侃最终突破了身份限制，不仅走上了东晋的政治舞台，而且身担大任，位极人臣。为什么？因为他的母亲不是别人，而是四大贤母之一的湛氏。别看湛氏只是小妾出身，但是，她是个有雄心的人。她知道儿子有志气也有本事，她决心帮助儿子出人头地。可是，被笼罩在大时代的天罗地网里，她能怎么办呢？

机会总是留给有准备的人。湛氏有这样的心意，终于迎来了一个机会。这一年冬天，天降大雪。有一个跟他们同郡的人，名叫范逵（kuí），被地方推举为孝廉，要到首都洛阳去，正好路过陶家。眼看风雪太大，范逵就走到他家避雪。要知道，所谓举孝廉是当时的一种选官方式，就是各地长官按照名额推荐当地的孝子和廉吏，中央再根据地方的推荐授予他们官职。既然是地方长官推荐，可想而知，能够被推荐上的，大多数都是地方大族，是能够跟长官说得上话的人。这个范逵也不例外，他很有势力，鲜衣怒马，仆从如云。就这么一大队人，浩浩荡荡来到了陶侃门前。如此尊贵的客人降临，对陶家来说真是意外之喜，这不正是他们梦寐以求的贵人吗？一定得好好招待，给人家留下一个好印象。可是陶侃穷啊，家徒四壁。而且又连着下了几天的雪，家里的储备都用完了，此刻连一粒米，一根柴火都拿不出来，怎么办呢？这时候，陶母悄悄对儿子说，雪这么大，范孝廉一时半会儿走不了。你把他留下来吃饭，安心陪着他聊天就是，其他的事我来打点。那么，陶母到底是怎么办的呢？她拿出一把剪子，把一头乌油油的长发齐根剪下，编成两副假发，换来了米和菜，又把屋子里的梁柱砍下一半，劈成柴火。有米有火，人不就能吃上饭了吗？可是，

明　文徵明　《关山积雪图》◎

古代官员选拔制度 ◇

国家的运转需要人才的支撑，在古代，统治者们在探索着不同的人才选拔制度。

·察举制：始于汉文帝，由公卿、列侯、刺史及郡国守相等推举人才，由朝廷考核合格后任命官职。举孝廉就是其中之一。但推举过程，容易推举有背景的名门望族，或者门生故吏。

·九品中正制：魏晋南北朝时期的选官制度。推选各郡有名望的人出任中正，将当地的士人按才能评定为九等（九品），然后由政府选用。但这一制度依然没办法避免高门大族相互推选的问题。

·科举制度：诞生于隋朝。以科举考试成绩为评判标准的人才选拔制度。相当于古代高考。比察举制、九品中正制更公开透明和公平。

范逵和随从都是骑马来的，冰天雪地，到哪儿去找草料喂马呢？大家知道，南方的床上都是铺稻草的，陶母不管三七二十一，把自己和儿子床上的草垫子都抽出来，莝（cuò）成草料。这么一通张罗，到吃晚饭的时候，陶母居然奉上一桌很像样子的饭菜，把马也喂得饱饱的。范逵已经在这个家里待了一下午了，他知道陶家有多穷。此刻看到如此丰盛的酒食，真是大吃一惊。再仔细一看，陶母那高耸厚实的发髻已经不见了踪影。范逵是个聪明人，马上就明白了是怎么回事，心里不由得既佩服又感动。他已经跟陶侃聊过了，对陶侃印象相当不错，正疑惑如此寒素的家庭怎么会培养出这样知情懂礼的好儿郎，此刻看到他这个贤惠能干的母亲，范逵终于明白了。他不由得赞了一句："非此母，不生此子。"若不是这样有见识的母亲，也生不出这样通达的儿子呀！到第二天早晨，范逵跟陶侃告别的时候，就问陶侃："你想到郡里去做官吗？"陶侃说："当然想啊，只是苦于无人引荐。"范逵说："有缘相会，这件事我帮你想办法。"等范逵到了庐江太守张夔（kuí）身边，极力称赞陶侃，张夔被他说动了心，招陶侃为督邮，领枞（zōng）阳县令。陶侃就此踏上仕途，走出了第一步。这就是历史上大名鼎鼎的截发留宾。

怎么看待这个故事呢？好多教育读物都说，这个故事是在讲如何真心对待朋友，或者如何热情招待客人，把这说成陶母的美德。是不是呢？其实并不尽然。想来陶侃的朋友也罢，客人也罢，肯定不止一个，若是他们前来拜访，陶母难道都能截发留宾吗？她一共能有几头长发？她之所以竭尽全力，截发留宾，并非因为范逵是客人，而是因为范逵是孝廉，而孝廉，是一个能够在官府说得上话的人，这个人，对她的儿子太重要了。可能有的读者朋友会觉得，这也太功利了吧？这不是看人下菜碟吗？确实如此。陶母还真是看人下菜碟。而且，这菜碟下得果断，下得到位，这才能给客人留下深刻的印象。这当然是功利心，但更是强烈的企图心和敏锐的应变力，这才是陶母教给陶侃的东西。如前所述，陶侃生活的年代，社会阶层相对固化，改变命运的机会并不多。如果没有强烈的企图心，可能根本就没有改变命运的动力；就算是有企图心，如果没有敏锐的判断力和执行力，也会把握不住机会，只能望洋兴叹。可是，陶母这两样一个都不缺，她有超越那个时代一般女子的雄心和机变，这才能够帮儿子把握住这次难得的机会，用自己的一头长发给儿子编织出了向上腾飞的翅膀。

不过，如果陶母只有这一面，那还够不上四大贤母的标准。事实上，她更值得称道的地方，还不在于有企图心和应变力，而在于有品格，有原则。她在这方面的表现，也有一个典故，叫封坛退鲊(zhǎ)。陶侃不是当过鱼梁吏吗？他曾经利用职务之便，派手下人给母亲送去一坛子糟鱼。陶母看到儿子惦记自己，非常高兴，就问送鱼人："我儿子买这坛子糟鱼，花了多少钱？"手下人机灵，想讨湛氏喜欢，就说："您儿子有本事，这坛子鱼，不要钱！"一听这话，陶母马上又把坛子封上了，让那手下人原封不动拿回去。这还不算，她还写了一封信责骂陶侃，说："汝为吏，以官物见饷，非唯不益，乃增吾忧也！"你身为主管，却监守自盗，拿公家的东西送给我，你以为这是贪便宜，能让我高兴，殊不知，这只能让我更担心罢了！陶母担心什么？她担心陶侃见了小利，失了大义啊。一坛子糟鱼确实问题不大，但是，俗话说得好，小时偷针，大时偷金。如果养成贪图小利的毛病，那么，犯更大的错误只是时间问题。更重要的是，一个人如果只知道贪小便宜，那就等于放弃精神追求，放弃人格尊严了。陶侃生活的那个年代，本来就是士庶天隔，而门阀士族瞧不起寒门庶族，有一个很重要的理由，就是"君子喻于义，小人喻于利①"。在他们看来，出身寒门的

---

① 出自《论语》。意思是，君子看重道义，而小人看重利益。

人不可能有什么道德观念，所以就算再能干，也不能委以重任。陶侃真要这么做，不就是坐实了人家这种偏见了吗？如果他只是甘心当一辈子鱼梁吏也就罢了，既然胸怀大志，又怎么能够见小利而忘大义呢！这件事，在历史上叫作"封坛退鲊"。我一直觉得，这才是陶母的精神中，最有光辉的一面。她出身寒门，本身是武官的一个小妾，她的儿子也不过是一个小小的鱼梁吏，在世俗眼中，她根本无须如此清高，如此自律。但是，陶母用自己的行动告诉儿子，也告诉世人，就算是小人物，也不能轻视自己；就算是小人物，也能有大心胸。如果说，截发留宾是陶母对陶侃最重要的帮助，那么，封坛退鲊才是陶母对陶侃最重要的教育。

陶侃受了母亲这么好的教育，他到底学到了什么呢？举两个例子就知道了。陶母截发留宾之后，孝廉范逵就把陶侃推荐给了庐江太守张夔。张夔任用陶侃做枞阳县令，后来又把他提拔为郡主簿，主管文书。有一天，也是天降大雪，张夔的妻子生了重病，需要到几百里之外去接医生。这是个苦差事，大伙儿不免相互推诿。这时候，陶侃慷慨陈词说：侍奉君父是为人臣子的应有之义，郡守就好比我们的父亲，而郡守夫人，就如同我们的母亲一样。父母有病，子女怎么可能不尽心呢？我去！当真就冒着风雪把医生接了过来。陶侃这番举动让张夔非常感动，很快就举荐陶侃为孝廉。这样一来，陶侃算是有了正式的出身。有了出身，陶侃就走上仕途的快车道了。看到这里，肯定有人会说，陶侃太过巴结上司吧？但这其实跟截发留宾是一个道理。陶侃缺少的不是才干，而是机会。机会来了，如果不及时抓住，可能稍纵即逝。陶侃是湛氏夫人教养长大的，他怎么可能抓不住机会呢？

事实上，他果然抓住了机会，也因此更上一层楼。这真是"非此母，不生此子"。

再举一个例子。陶侃一生，最为得意的成就是驻守荆州，治理荆州。要知道，东晋和北方胡族政权划江而治，守的就是长江防线。长江防线上有两个最重要的门户，一个是中游的荆州，一个是下游的扬州。荆州治理得好不好，直接关系到东晋的国运安危。陶侃接手荆州，正值大乱之后，荆州几乎就是一座荒城。士兵无法无天，百姓流离失所。面对此情此景，陶侃"勤务稼穑，虽戎陈武士，皆劝厉之。有奉馈者，皆问其所由来，若力役所致，欢喜慰赐；若他所得，则呵辱还之"。什么意思呢？陶侃是个领兵的人，但他并不拥兵自重。相反，他让士兵都参加生产劳动。如果手下将士送给他东西，他必定会问人家，这是从哪儿来的。人家如果说是自家种出来的，他就高高兴兴地接受，如果是其他不合法的途径得来的，他就把人家骂回去。就这样，荆州不仅生产发展好，而且社会风气正，按照史书的说法，甚至达到了"路不拾遗"的程度。陶侃这种收礼的原则正是来自陶母。当年，陶母封坛退鲊，教出了一个自尊自律的陶侃；现在，陶侃又用同样的方式，教出了一城自尊自律的军队和百姓。这不就是陶母的遗爱吗！

陶侃最后官至东晋太尉、侍中，担任荆州、江州刺史，都督交州、广州、宁州等七州军事，成为名副其实的国家柱石。这样的结局，他当年在江西老家当鱼梁吏的时候，肯定做梦都没想到过。他的母亲湛氏，当然更是无从预料。但是，就在这些还都没有的时候，陶母截发留宾，给了他一种可能。就像当年，孟子还是一个懵懵懂懂的小孩子的时候，孟母就默默地在学官旁边盖起一座小房子，让他听那琅琅的读书声。乍一看来，陶母只不过是做了一顿饭，孟母也只不过是又搬了一次家而已，这不都是古代妇女最平凡的日常劳动吗？但是，我们中国人深深地懂得，那一粥一饭背后，有着多么远大的梦想，又有着多么坚强的决心。时至今日，有谁敢忽视梦想和决心的力量呢？北宋大诗人苏东坡曾经写诗云："杯盘惯作陶家客，弦诵常叨孟母邻。"他说，自己在同僚家吃了好多次饭，同僚的母亲让他想起了陶母；他又经常听到同僚家传来的读书声，这又让他想起了孟母。很明显，早在北宋，陶母就已经和孟母比肩，成为中国母亲的典范，这个地位直到今天并无改变，以后应该也不会改变。

我们经常说，一个好母亲可以惠及三代。而陶母惠及的，可不止三代。如今，大多数人其实已经不知道陶侃了，但大家一定知道他的曾孙陶渊明。就是那个不为五斗米折腰的清高隐士，那个"采菊东篱下，悠然见南山"的大诗人。表面上看，陶侃和陶渊明完全是两类人，一个立志求官，一个拼命辞官。但是，在骨子里，他们仍然是一样的，他们都是陶母的儿孙，他们都努力摆脱世界强加给他们的宿命，他们也都用自己的精神影响着一代又一代的后人。

【思考历史】

◇ 科举制度考试的内容是什么？和现在的高考有什么相似之处？又有什么区别？

◇ 陶渊明是一生都爱隐居避世吗？他是否曾经和陶侃一样也有治国平天下的伟愿呢？

清　王武　《芙蓉花》◎

绿珠

◇

魏晋南北朝既是一个残酷而荒唐的时代，又是一个华丽而美好的时代。在这个时代留下名字的男男女女，无论贵贱，总是有着别样的魅力。本文的主人公，是西晋富豪石崇的宠妾，著名的殉情美女绿珠。

绿珠这个名字，在今天并不显赫。但是，如果你穿越到唐宋时代，向那个时候的人做个民调，问他们知不知道绿珠，他们一定会说，那是四大美女之一呀。读者朋友们可能会奇怪，四大美女不是西施、昭君、貂蝉和杨贵妃吗？怎么会冒出一个绿珠来呢？那是因为，我们中国历来都有选美的传统，但是，不同时代选出的美女并不一样。今天我们所说的四大美女，其实是明朝以后才出现的版本，其中一个最明显的证据就是，貂蝉这个人并不是真实存在的人物，而是《三国演义》创造出来的一个艺术形象，《三国演义》是元末明初人罗贯中的著作，所以这四大美女一定是明朝以后的版本。那更早的版本是什么呢？我们国家现存木板年画中有一张南宋人所刻的《隋朝窈窕呈倾国之芳容》，那里画了隋朝公认的四大美女。在这之中，有我们之前写到过

两晋

· 266年初，司马炎（晋武帝）代魏称帝，国号"晋"，定都洛阳（今河南洛阳市东），史称"西晋"。

· 280年，西晋灭吴，统一全国。

· 316年，匈奴贵族建立的汉国灭西晋，北方从此进入十六国时期。

· 317年，司马睿（晋元帝）在建康（今江苏南京）重建政权，史称"东晋"，与西晋合称"两晋"。

· 420年，刘裕代东晋称帝，国号"宋"（南朝时期的宋）。

的王昭君、班婕妤和赵飞燕，还有一个就是绿珠。这张年画的题目既然是《隋朝窈窕呈倾国之芳容》，说明这四大美女的名头至少在隋朝就已经出现了；而这个年画题材既然南宋还在翻刻，就说明直到南宋，人们还承认这四大美女。所以我才说，你如果在唐宋时期发起民调，问大家知道不知道绿珠，大家肯定都知道。

　　不过，绿珠之所以有名，主要还不是因为她美，而是因为她的人生和西晋大财主石崇绑到了一起，两个人本来天悬地隔，最后却同生共死，演出了一场霸道总裁与灰姑娘的人生大戏。换句话说，绿珠不仅是个美女，更是个有故事的美女。有故事就容易入诗，唐朝人给绿珠写了不少诗篇，其中有一首诗，把绿珠的一生交代得清清楚楚。这首诗叫《绿珠篇》：

> shí jiā jǐn gǔ zhòng xīn shēng　míng zhū shí hú　mǎi pīng tíng
> 石家金谷重新声，明珠十斛①买娉婷。
>
> cǐ rì kě lián jūn zì xǔ　cǐ shí kě xǐ dé rén qíng
> 此日可怜君自许，此时可喜得人情。
>
> jūn jiā guī gé bù céng nán　cháng jiāng gē wǔ jiè rén kàn
> 君家闺阁不曾难，常将歌舞借人看。
>
> yì qì xióng háo fēi fèn lǐ　jiāo jīn shì lì héng xiāng gān
> 意气雄豪非分理，骄矜势力横相干。
>
> cí jūn qù jūn zhōng bù rěn　tú láo yǎn mèi shāng qiān fěn
> 辞君去君终不忍，徒劳掩袂伤铅粉②。
>
> bǎi nián lí bié zài gāo lóu　yí dài hóng yán wèi jūn jìn
> 百年离别在高楼，一代红颜为君尽。

什么意思呢？

石崇家的金谷园最看重轻歌曼舞，不惜花费明珠十斛买下美女绿珠。

石崇说绿珠是那么可爱，而绿珠也心满意足，犹如小鸟入怀。

石崇家的闺阁管得不严，经常把新编的歌舞演给外人来看。

石崇的意气太盛，令人不满；果然引来了骄横的敌人，对他横加摧残。

离开石崇终究是于心不忍，绿珠的眼泪弄花了脸上的铅粉。

在高楼之上两人道了永别，一代红颜就这样为了石崇香消玉殒。

---

① 斛是中国古代的一种量器，也是容量单位。

② 古代女子化妆用铅粉增白，所以有个词叫"洗尽铅华"。

这一首诗，每一句都写绿珠，也每一句都写石崇。这两个人究竟是什么关系呢？其实，这首诗每四句就是一段，而每一段，又都关联着这两人人生的大关节。先看前四句："石家金谷重新声，明珠十斛买娉婷。此日可怜君自许，此时可喜得人情。"这是在讲绿珠的来历和盛宠。绿珠是什么人？她是西晋最大的财主石崇花十斛明珠买来的歌舞伎。古代一斛等于十斗①，十斛就是一百斗。那个年代可没有人工养殖，凡是珍珠，都是天然生成，人工捕捞，是货真价实的奢侈品。传说中，富有四海的唐玄宗为了安慰失宠的梅妃，才拿出了一斛珍珠作为补偿，而石崇，却能够拿出十斛明珠买一个美女，这是多么夸张的行为啊。当然，谁都知道写诗容许艺术夸张，十斛珍珠也不见得真是事实陈述，但是，石崇为绿珠花了大价钱却不容置疑。因为，石崇不见得是中国历史上最有钱的人，但一定是中国历史上最会花钱的人。《晋书》《世说新语》里都记载了好多他和晋武帝②的舅舅王恺斗富的故事，每一个都挑战着人们的想象力。那时候大佬出门已经很讲究隐私，不愿意让别人看见自己。有一次王恺上街，专门做了四十里的紫丝障。想想看，连续四十里地，路边都挂着紫色的轻纱，这够奢侈了吧？石崇一听，轻蔑地笑了一声，也出门了。他怎么保护隐私呢？他挂了五十里的锦步障。五十里比四十里多了十里，织锦又比紫丝贵了不止一倍，让王恺一下子相形见绌。再举一个例子。王恺不是晋武帝的舅舅吗？晋武帝也想帮舅舅一把，让他斗赢石崇，

---

① 古代一种口大底小的方形量器。

② 晋武帝即司马昭的长子司马炎，西晋王朝的建立者。

于是，就赏赐给他一棵两尺高的珊瑚树。这珊瑚树品相出众，枝条纵横，举世少有。王恺兴冲冲地拿给石崇看。石崇拿起一把铁如意，随手就把这珊瑚树击得粉碎。王恺一看大惊失色，连声叹气。石崇说这有什么好可惜的？我赔你一棵。说完让人拿出六七棵珊瑚树，随便哪一棵都有三四尺高，而且光华璀璨，比王恺那棵好太多了，这就是石崇斗富的豪气。石崇雅好园林，在洛阳营建了中国历史上最负盛名的私家园林金谷园，金谷园占地十顷，里面藏的宝贝数不胜数，其中最让时人惊艳的，是这里的歌伎舞女。石崇家里的婢女有一千多人，光是第一等的佳丽就有好几十人。他让这些佳丽穿上同样的绫罗绸缎，乍一看都分辨不出来谁是谁。他还给这些人都戴上玉龙佩和金凤钗，让她们分成小组，从昼到夜，不停地跳舞。他想召幸谁，也不必叫名字，只听声音就够了，玉佩声音越清，说明走路越轻盈，他也就越喜欢。为了让这些舞伎变得更轻更灵，他又把沉香屑洒在象牙床上，让她们从上面走过，如果谁没有留下脚印，就赏赐珍珠一百，如果留下脚印了，就得节食减肥。这个要求，是不是比如今最厉害的芭蕾舞学校校长还要严格？但是，这些精挑细选出来的佳丽还都不算什么，石崇最得意的美女还是绿珠。据说，绿珠是白州人，也就是如今的广西博白人。石崇当年长期跟岭南做生意，发现了这颗南国明珠，就花十斛珠的大价钱把她买下来，接回了自己的金谷园。绿珠擅长吹笛，又擅长跳当时最流行的《明君》舞。所谓明君就是王昭君，表现的当然是昭君出塞的故事。石崇也是一代才子，就给这支舞蹈填了词，使其成了边唱边跳的歌舞剧。想想看，石崇填词，绿珠跳舞的《明君曲》，像不像后世唐明皇谱曲，杨贵妃跳舞的《霓裳（cháng）羽衣舞》？

清 溥仪 《藤花燕子》◎

异代不同时，却又都是那么风雅。石崇怕远道而来的绿珠思念家乡，还特地在金谷园中给她修了一座百丈高楼，里面装饰着来自南国的犀角、珍珠、象牙、琥珀，让绿珠登楼远望，极目南天。这就是诗中所说的"石家金谷重新声，明珠十斛买娉婷。此日可怜君自许，此时可喜得人情"。石崇陶醉在绿珠的美丽里，绿珠也陶醉在石崇的宠爱里。

后来呢？后来就出现变故了，这变故，写在了下四句诗里。"君家闺阁不曾难，常将歌舞借人看。意气雄豪非分理，骄矜势力横相干。"石崇从来不是一个含蓄的人，既然得了绿珠，他就不停地向人炫耀。石崇在金谷园里呼朋唤友，一大批文士都跟石崇往来唱和，这些人被后世称为"金谷二十四友"。号称古代第一美男子，一出门就被掷果盈车的潘安①，写《三都赋》，造成洛阳纸贵的大才子左思②，都是金谷园的常客。石崇每次宴请这些朋友也罢，宴请当朝政要也罢，都会让绿珠出来跳舞侑（yòu）酒③。这些人都是大喇叭，经过他们的吹嘘，绿珠的美名迅速传遍了整个上流社会。这就是诗中所说的"君家闺阁不曾难，常将歌舞借人看"。

然而，就是这样的艳名，给石崇和绿珠惹来了大麻烦。什么麻烦呢？本来，石崇在朝廷中有一个后台，就是历史上著名的最丑皇后

----

① 潘安长相俊美，每次他坐着车出门，女子们就会往他车里丢水果，车很快就装满了。后来人们用掷果盈车来形容女子对男子的爱慕。

② 左思写出《三都赋》后，人们争相抄写和传阅。抄写的人实在太多了，以至于洛阳的纸张供不应求，都涨价了。后来人们用洛阳纸贵比喻著作有价值，流传广。

③ 侑酒指为饮酒者助兴。

贾南风和她的外甥贾谧（mì）。当时，贾谧每次出门，在路上遇到石崇，石崇总是先下车站在路边，望尘伏拜。这一层关系让石崇没少捞到好处。但是，贾谧这个靠山其实是一座冰山。因为皇后贾南风专权乱政，和贾谧一起谋害太子，终于引发了西晋末年诸侯王的大变乱，这次变乱，就是历史上鼎鼎有名的八王之乱。永康元年（300），赵王司马伦起兵，诛杀贾皇后和贾谧。有道是树倒猢狲散。贾谧一死，原来依附于他的石崇马上被免了官，成为一介平民。没有了官职做保护，石崇的财富和美女可就成了新贵们眼里的一块肥肉。这时候，赵王司马伦手下一个名叫孙秀的亲信派人来到石崇家，明目张胆索要

八王之乱

西晋初年，大封同姓子弟为王，这些王还都拥有军政实权。晋武帝死后，上位的晋惠帝愚笨，贾皇后专政，与辅政外戚杨骏争权，杀死杨骏，让汝南王辅政。之后又让楚王杀了汝南王，后又杀楚王。之后，赵王起兵，杀了贾皇后，废掉晋惠帝后自立。接着，齐王、成都王杀掉了赵王。长沙王又杀掉了齐王。之后，河间王和成都王又杀掉了长沙王……整个皇族争权过程历时约十六年，严重破坏了西晋的政治和经济，并最终导致了西晋的覆灭，被称为"八王之乱"。

绿珠。当时，石崇正在金谷园与姬妾们举行宴会呢，席间吹弹歌舞，极尽人间之乐。孙秀的使者忽然到来，姬妾们马上鸦雀无声。石崇是个见过大世面的人，听使者说明来意，他一下子叫出好几十个姬妾来，这几十人都身着锦绣，散发着兰麝之香。石崇说："请使者随便选一个吧。"使者说："这些女子个个都绝艳惊人，但是小人只受命索取绿珠，不知道是哪一位？"石崇听了勃然大怒道："绿珠是我之所爱，万万不能送人。"使者说："君侯博古通今，明察远近，还请三思。"这不明明是威胁石崇吗！这就是诗中所说的"意气雄豪非分理，骄矜势力横相干"。绿珠的美色引来了政治新贵的垂涎，石崇又不肯拱手相让，怎么办呢？

　　结局就是诗的最后四句："辞君去君终不忍，徒劳掩袂伤铅粉。百年离别在高楼，一代红颜为君尽。"孙秀索要绿珠不成，干脆假托诏令，以谋反罪捉拿石崇。孙秀到来之时，石崇正和绿珠在崇绮楼上饮酒呢。眼看着士兵围上来，石崇对绿珠说："我都是为了你，才惹出这场大祸呀。"绿珠不由得泪流满面，她说："既然如此，那我就以死来报答您吧。"说完，从百尺高楼上纵身一跃，香消玉殒。绿珠死后，石崇也被处死，跟他一同被杀的，还有他的母亲、兄长、妻妾、儿女等一共十五个人。

　　看到这里，大家是不是觉得还挺动人的？霸道总裁不负美女，美女也不负霸道总裁，双方你有情我有义，演出了一场感天动地的人生悲剧。是不是这样呢？其实并不尽然。绿珠确实是为石崇而死，但是，石崇之死，却绝不仅仅是因为绿珠。命运的绞索早已套上了他的咽喉，而且是他亲手套上去的。

有没有人好奇，石崇的泼天富贵是从哪儿来的呢？其实是打劫来的。想当年，石崇担任过荆州刺史。荆州是交通要道，往来客商众多，石崇作为地方长官，不去想怎么保护商旅，反倒组织手下士兵，抢劫来往客商，就靠着这样的黑社会行为发家致富。想想看，他的泼天富贵背后，岂不是白骨累累？石崇不是好客吗？经常在金谷园请人喝酒，而且总是让美人斟酒劝客。如果客人不喝，他就让侍卫把美人杀掉。一般人碰到这种场面，就算是再不善饮，也只能勉强往下灌，最后往往被灌得烂醉如泥。但是，有一次，石崇碰上硬茬了。谁呢？当时的大名士王敦。王敦本来酒量很好，但就是不喝这种强灌的酒。石崇当着他的面连斩三个美人，他仍然不为所动。别人劝他，他还说："石崇愿意杀自己家里的人，跟我有什么关系！"那么，这次酒宴到底是怎么收场的呢？史书没写下文，我们也不知道后事如何，但是，从这一件事就可以看出，他的风流倜傥背后，仍然也是白骨累累吧！事实上，石崇就是这么一个富贵而又任性的人，他并不真的有多在乎绿珠，他在乎的只有他自己。绿珠跳楼之后，石崇也被士兵押出了金谷园。直到这个时候，他也并没有意识到问题的严重性，还大言不惭地对家人说："他们最多也就是把我流放到交趾 ①、广东一带罢了。"等到士兵把他押到著名的行刑之地东市，他才恍然大悟道："这些奴才是贪图我的家财，想要把我弄死啊！"押他的人说："你既然知道是财产害了你，为什么不早点散掉家财呢！"石崇这才长叹一声，

---

① 古代的地区名字，泛指五岭以南。

引颈就戮。也就是说，虽然绿珠是为石崇而死，但是，石崇却并没想要为绿珠而死，事实上他也确实不是因为绿珠而死。对于这件事，《红楼梦》里的林黛玉看得最清楚。别看林黛玉是个痴情女子，但是，她看人看事绝不糊涂，她曾有感于历史上五位绝色女子的命运，写过一组《五美吟》，其中有一篇《绿珠》，是这样开头的："瓦砾明珠一例抛，何曾石尉①重娇娆？"在石崇的眼里，瓦砾和明珠都差不多，随时可以抛掉，他又何曾真正看重过绿珠呢！确实，石崇和绿珠的死并不等价。绿珠对石崇的义，远重于石崇对绿珠的情。

可是，在古代，人们大多都是从男性角度来考虑问题的。绿珠殉情最符合男性利益，所以，她也就成了好多人心目中的女性偶像。武则天当政的时候，有个大臣叫乔知之，文韬武略都有过人之处，家里养了一个美貌婢女，名叫窈娘。窈娘像绿珠一样能歌善舞，也像绿珠一样命运多舛。她的芳名被武则天的侄子武承嗣（sì）知道了，武承嗣倚仗权势，逼迫乔知之把窈娘献给他。可是，送走窈娘之后，乔知之并不甘心。他写了一首诗，让人偷偷送给了窈娘。这首诗，就是我们开头引用的那首《绿珠篇》。当窈娘打开诗篇，看到"百年离别在高楼，一代红颜为君尽"的时候，当即明白了乔知之的意思。很快，窈娘就在武承嗣家跳井自杀了，打捞上来的时候，衣带上就写着这首《绿珠篇》。随后，乔知之也被武承嗣以其他罪名治罪，死在狱中。大家看，这像不像是石崇与绿珠故事的翻版？仗势欺人的恶势力固然

---

① 石崇当过南蛮校尉，所以被称为石尉。

可怕，但直接杀死窈娘的，并不是恶势力武承嗣，相反，却是那个号称宠她爱她的乔知之。

可能有的读者朋友会觉得，本来双双殉情的故事那么美好，干吗非要翻出故事背后的那些不堪呢？其实，我之所以要反复澄清美丽的女奴与主人之间的不对等关系，绝非要替恶人翻案，那逼迫绿珠与窈娘的恶势力，无论是孙秀还是武承嗣，当然都为人不齿；那身为旧主人的石崇和乔知之，当然也有值得同情之处；但是，在绿珠和窈娘纵身一跃之前，他们也都暗暗地推了一把，让这殉情的故事，多了几分令人不忍直视的难堪。这背后的主奴意识、男权思想，在古代也许被视为理所当然，但是，生活在今天的我们却必须警惕。换句话说，绿珠和窈娘这样的烈性女子当然是可敬的，她们的可敬，在于坚持"士为知己者死"的理想，在于对自己独立意志的追求，但是，绝不在于以身殉主的愚忠。

【思考历史】

◇ 请了解一下绿珠故事背后的八王之乱。思考是什么原因导致了八王之乱？八王之乱又导致了什么后果？

◇ 你觉得石崇值得同情吗？你觉得什么导致了绿珠的悲剧？

谢道韫

　　在我们中国的文化史上，有一个最令人神往的词条，叫"魏晋风度"。所谓魏晋风度，就是指魏晋名士那种率性任情而又风流潇洒的动人风采。如果用一位女性的事迹来表达"魏晋风度"的精髓，那么，这个人应该就是本文的主人公谢道韫（yùn）。

　　在我们中国，夸别人是才女，有一个固定说法，叫作咏絮之才。比如，《红楼梦》里给薛宝钗和林黛玉合写的判词说："可叹停机德，堪怜咏絮才。玉带林中挂，金簪雪里埋。"停机德指的薛宝钗，用的是东汉乐羊子妻停下织布机劝丈夫读书的典故，正符合薛宝钗贤妻良母的潜质；而咏絮才指的是林黛玉，用的就是东晋才女谢道韫小时候以柳絮比飞雪的典故，也特别符合林黛玉天才少女的人设。确实，谢道韫给世人留下的最初印象是咏絮，最深刻印象还是咏絮，那咏絮又是怎么回事呢？

　　当年，谢道韫能够展现出咏絮之才，多亏了她叔叔谢安的一次家教实践课。东晋是中国历史上门阀最盛的时代。东晋的高门有两大古人称松竹梅为岁寒三友盖以其凌霜傲雪而愈觉贞心劲节所谓志同道合者也春华楼艳固足忻赏惟不转瞬而随风以尽兰若此扬老气苍凌傲烟霜之操故贤操舰喜为写此余年来二度为兰尼祖徐之雪孤山之菊淇澳之清风时满湖花几研润处戊辰重九后八月锦年符澂井记於亥秀斋

符铸 《岁寒三友》◎

魏晋风度是指魏晋南北朝时期名士所具有的人格精神和生活风尚，他们崇尚自然、率真叛逆、俊逸洒脱、不拘礼节。一部《世说新语》可以说是魏晋风度的集中记录。

魏晋风度

姓，一个是琅琊王氏[①]，代表人物是王导；另一个是陈郡谢氏，代表人物是谢安。既然是门阀社会，当然重视家庭教育，这样才能代代有能人，让家族势力一直绵延下去。所以，别看谢安风流倜傥，有王佐之才[②]，但在四十岁以前，他一直高卧东山，不肯做官，就在家里教育子弟[③]。这一年冬天，天降大雪，谢安带着儿子、女儿、侄子、侄女一大群晚辈，都在家里围炉赏雪。眼看着雪花飘飘洒洒自天而落，谢安就问子侄辈："白雪纷纷何所似？"这白雪纷飞像什么呢？谢安二哥谢据的长子谢朗马上答道："撒盐空中差可拟。"在空中撒盐或

---

① 司马睿建立东晋时，琅琊王氏给予了很大的支持，司马睿也给予王家诸多政治权力，当时甚至有"王与马（司马睿）共天下"的说法。

② 王指帝王，佐指辅助。王佐之才指具有辅佐帝王创业治国的才能。

③ 四十岁之前，谢安隐居在会稽东山，年逾四十才又复出担当要职，帮助东晋转危为安。因此有个成语叫东山再起。指再度出任要职，也比喻失势之后又重新得势。

陈郡谢氏
◆

陈郡谢氏人才辈出，谢安，以及大诗人谢灵运、谢朓（tiǎo）等人，都名留青史。

李白的《梦游天姥（mǔ）吟留别》里，"脚著（zhuó）谢公屐，身登青云梯"中的"谢公"就是谢灵运。而他在《宣州谢朓楼饯别校书叔云》中写道"蓬莱文章建安骨，中间小谢又清发"，"小谢"指的是谢朓，他夸赞谢朓的诗清新秀丽。能被大诗仙李白由衷欣赏，可见谢家在文学上的影响力了。

许可以比拟吧。谢安还没来得及表态，他大哥谢奕的女儿谢道韫说话了："未若柳絮因风起。"什么意思呢？那可就不如把它比作柳絮因风而起了。谢安听了拊掌大笑，极为称赞。这就是咏絮之才的来历，也是谢安对子弟进行启发式教学的生动例证。

谢道韫咏絮这件事很多人都知道，但是，很少有人会去细细思索，柳絮因风到底比空中撒盐好在哪里？我想，有两个好处最为突出。首先看形态。盐是颗粒状的，是硬的、重的；而柳絮是片状的，是软的、轻的。谢家身处江南，江南的雪是什么样的呢？江南的雪水分大，一定是又轻又软的雪片，而不是又干又硬的雪粒。所以，单从形态上说，谢道韫已经赢了，她的观察力更强。再看意蕴。柳絮因风是什么季节的景象？那是十足的春色。而白雪纷纷呢，又是典型的冬景。在诗歌之中，以春比冬是最美的比法，比如，我们熟悉的唐朝大诗人岑参的《白雪歌送武判官归京》，"忽如一夜春风来，千树万树梨花开①"不就是用春花比冬雪，一下子就让萧瑟的冬天充满了盎然的春意吗？谢道韫这一比也是如此。可见，在这小女孩的心中，不仅有过人的才华，更有勃勃的生机啊。可能有人会说，唐代大诗人李贺也拿盐比过雪呀。他写的《马诗》第二首不就说"腊月草根甜，天街雪似盐"吗？没错，李贺确实拿盐比过雪，但那是他在模拟马的心情，马是喜欢吃盐的，所以才把雪都当成了盐。谢朗又不是马，他这么比，有什么意思呢？所以说，在意蕴和人生气象上，谢道韫也完胜谢朗，她的心思更敏锐。中国古人最讲"才情"，一个人光有才还不行，心里还得有情。谢道韫这一句"未若柳絮因风起"，既有才，又有情，还有气象，所以才一下子震撼了谢安，也震撼了中国文学史。所以，后世的蒙学读物《三字经》才会说"蔡文姬，能辨琴②；谢道韫，能咏吟"，把咏絮当成了女子才华的代表。咏絮之才，也因此成为一个固定成语，成为才女的标志性说法。

---

① 全诗为：北风卷地白草折，胡天八月即飞雪。忽如一夜春风来，千树万树梨花开。散入珠帘湿罗幕，狐裘不暖锦衾薄。将军角弓不得控，都护铁衣冷难着（zhuó）。瀚海阑干百丈冰，愁云惨淡万里凝。中军置酒饮（yìn）归客，胡琴琵琶与羌笛。纷纷暮雪下辕门，风掣红旗冻不翻。轮台东门送君去，去时雪满天山路。山回路转不见君，雪上空留马行处。

② 汉末女诗人蔡文姬幼年时听父亲蔡邕抚琴，琴弦突然断了，蔡文姬凭听音就能准确说出断掉的是哪一根琴弦。

　　谢安是谢家的掌门人，他希望芝兰玉树①佳子弟都出自谢家门庭，即使女孩子也不例外。所以在教育上，历来是男女一视同仁。谢道韫小小年纪就显示出不凡的才情，谢安当然高看她一眼，这就是元稹所说的"谢公最小偏怜女"。这偏怜到底是怎么表现出来的呢？最重要的表现，就是亲自为她选择夫婿。门阀社会最讲门当户对，刘禹锡《乌衣巷》里不是讲"旧时王谢堂前燕，飞入寻常百姓家②"吗？在当时，能和陈郡谢氏比肩的，就只有琅琊王氏了。谢安和书圣王羲之年辈相当，他也不必撒网海选，而是直接把目光对准了王羲之的七个儿子。起初，谢安看中的是王家老五王徽（huī）之。王徽之在历史上名气不小，很多人都知道他雪夜访戴的故事。据说，王徽之曾经在一个大雪之夜，忽然想起了老朋友戴安道，就划着小船连夜去看他。到第二天一早，终于来到戴安道的门前。手下人正要敲门，王徽之说："别敲了，咱们回去吧。"手下人很不理解，就问他："咱们顶风冒雪，好不容易划了一夜的船才到这儿，为什么不进去呢？"王徽之说："吾本乘兴而行，兴尽而返，何必见戴③！"这就是"雪夜访戴"的佳话。雪夜访戴确实风流，但也难免有任性之嫌，再加上王徽之比较好色，最终没有通过谢安的考察。谢安放下了王家老五，转而决定把谢道韫

---

① 芝兰是香草，玉树指用玉做的树。人们用芝兰玉树比喻有出息的子弟。

② 全诗是"朱雀桥边野草花，乌衣巷口夕阳斜。旧时王谢堂前燕，飞入寻常百姓家"。意思是，时过境迁，繁华不在。旧时那些曾经在王导和谢安这两大氏族屋檐下筑巢的燕子，如今都飞到普通百姓家中去了。

③ 我乘兴而来，兴致完了也就回去了，何必要见戴安道。后成为典故"乘兴而来，兴尽而返"。

嫁给王羲之的二儿子——王凝之。

王羲之的儿子配谢安的侄女，这应该算是佳偶天成吧？事实却并不如此。谢安千挑万选选出来的这个侄女婿，根本不合谢道韫的意，还因此引出来一个成语，叫"天壤王郎"。这又是怎么回事呢？据《晋书》记载，谢道韫嫁过去之后，第一次回娘家，就长吁短叹。谢安赶紧问她："王郎是王羲之的儿子，那是不折不扣的名父之子，他自己也算是个青年才俊，你嫁给这样的人，还有什么不高兴的呢？"谢道韫说："一门叔父则有阿大、中郎，群从兄弟复有封、胡、羯、末 ①，不意天壤之中乃有王郎！"什么意思呢？您看咱们谢家，我父亲一辈，有您这样的风流人物；我兄弟一辈，又有谢歆、谢朗、谢玄、谢渊他们几个，个个都是人中龙凤。我跟这样的人相处惯了，从来没想到过，天地之间，竟然还有王凝之这一号货色！这就是成语"天壤王郎"的来历，专指妇女看不起丈夫。王凝之为什么让谢道韫如此看不起呢？大家也不必翻多少学术文章，只要看看互联网上王凝之的词条就明白了。那上面是怎么介绍王凝之的呢？说他是书圣王羲之的儿子，小圣王献之 ② 的哥哥，才女谢道韫的丈夫。简而言之，他周围的人，个个都比他强。其实平心而论，王凝之自身并没有那么差，他擅长草书、隶书，后世都说他的书法得王羲之之韵，但是，他不幸生活在一群文化巨人中间，就是这群巨人把他比成了一个矮子。中国古

---

① "封、胡、羯、末"均为谢家兄弟的小名，"封"指谢歆，"胡"指谢朗，"羯"指谢玄，"末"指谢渊。后来人们"封胡羯末"称呼兄弟子侄等。

② 与王羲之并称"二王"。

代本来就有嫁女高攀、娶妻低就的传统，而他的妻子却是那巨人之一，这样的巨人怎么能看上一个矮子呢？更何况，王凝之还是一个五斗米道①的忠实信徒，整天在家里上香打醮（jiào）②、拜斗画符；而谢道韫呢，偏偏又是个心思灵动、气质超脱的人，她可以喜欢道家，但是对道教却未必感兴趣。这样一来，她的丈夫无论在才华上还是情趣上跟她都不匹配，自然也就难以做到"窈窕淑女，琴瑟友之③"了。

既然两个人不般配，能不能离婚呢？可能有人会觉得，古代离婚艰难，贵族人家怕是更不可能吧？其实也不尽然。魏晋时期礼教束缚相对松弛，谢家也并不是一个不开通的人家，谢安自己的女儿嫁给了王羲之的堂侄，也是夫妻不和，最后就以离婚收场。不过，谢道韫虽然不大欣赏丈夫，倒并没有草率离婚，她没能成为仰视丈夫的温柔妻子，但是，她把自己塑造成了王家顶门立户的长嫂。王羲之的大儿子很早就去世了，所以，谢道韫虽然嫁的是二儿子，却是王家事实上的长嫂。是长嫂，就得有长嫂的风范。魏晋时代有一种特殊的风气，叫作清谈。所谓清谈，有点像如今的辩论。只不过现在辩论的题目包罗万象，而魏晋时代，人们谈的主要是玄学，也就是说，以《老子》《庄子》《周易》这"三玄"为主要话题，谈一些清高玄远的哲学问题。

---

① 早期道教派别之一。据传，东汉顺帝（125—144年在位）时张道陵在鹤鸣山创立，因为入道者须出五斗米，因而得名。

② 道教为信徒设坛祭祷以求福消灾的宗教仪式。

③ 出自《诗经·关雎》，意思是那美丽贤淑的女子，让我奏起琴瑟来亲近她，两人琴瑟和鸣。

比如说，世界是生于有还是生于无？老庄和孔孟有什么不同？等等。擅长清谈的，就被视为名士，受人追捧；不擅长的，即使当了大官，别人也觉得你是个土包子。有一天，王凝之的弟弟王献之在厅堂上跟客人清谈，眼看落了下风。谢道韫很替他着急，就派了一个婢女假借奉茶走到王献之面前，悄悄对他说："夫人欲为小郎解围。"所谓小郎就是小叔子，谢道韫是说，你不中用，让我来！可是，古代讲究"男女授受不亲"，高门大户尤其重视规矩礼法。谢道韫虽然才思敏捷，到底身为女子，怎么能跟客人面对面辩论呢？这点小麻烦难不倒谢道韫，她让婢女在门前挂上一块青布幔，遮住自己，然后就站在门后，在王献之之前论点的基础上旁征博引，跟对方舌战。不一会儿的工夫，客人理屈词穷，甘拜下风。这个舌辩滔滔，顶起一门雄风的已经不是谢家小女，而是王门长嫂，天才少女经历了一番淬炼之后，终于把稳船舵，让人生的航船驶向了更宽广的大海。

这个世界无论什么时候都存在着竞争，只不过是竞争的内容千差万别罢了。石崇那样的土豪只会斗富，真正世家大族比拼的，永远是人物。而且，从男子到女子都在比。当时，江东地区有两大才女，一个是谢道韫，另一个叫张彤云。这两个人背后，都有各自的家族势力。站在谢道韫背后的当然是陈郡谢氏，而陈郡谢氏背后，又有所谓的"侨姓士族"。侨姓士族是指随东晋王朝从北方搬到江东去的贵族，以王谢两族为代表。而站在张彤云背后的，除了本家吴郡张氏之外，还有张氏所代表的"吴姓士族"，也就是江东的本土贵族，以顾、陆、朱、张四姓为最大。这两派贵族一直明争暗斗。谢家的儿子谢玄是谢道韫的小迷弟，到处说自己的姐姐举世无双；而张家的儿子张玄则是宠妹狂魔,说自己的妹妹张彤云绝对不比任何人差。那到底谁更厉害呢?他们找到了一个跟这两位才女都有来往的尼姑——济尼,请她做个判断。大家想,济尼能够游走于不同派系的权贵之门,到处受人尊重,肯定是一个明察善断之人,而且得有左右逢源的本事。她有态度,但又谁都不想得罪,怎么表态呢? 济尼说:"王夫人神情散朗,故有林下风气;顾家妇清心玉映,自是闺房之秀。"什么意思呢? 所谓王夫人就是谢道韫,因为嫁给王凝之,所以叫王夫人。所谓顾家妇就是张彤云,因为嫁到顾家,所以称顾家妇。这个尼姑说,谢道韫神情舒散清朗,让人感受到林下风度;而张彤云冰清玉洁,也是妇女中难得的人才。这个评价怎么样? 表面上看不偏不倚,实际上还是表了态的。所谓林下风度,就是竹林七贤①的风度,那是魏晋风度的集中体现,说谢道韫有林下风度,也就是把谢道韫看成女中名士,说她可以跟同时代最杰出的人物等量齐观,这可是最高规格的赞美;而说张彤云是闺房之秀,那只能算是妇女中的拔尖人物,跟谢道韫相比,自然就等而下之了。济尼这个评语一出来,天下叹服,从此之后,"林下风度"也成了一个成语,专门指巾帼不让须眉的奇女子。

那么,谢道韫的林下风度到底体现在哪里? 个人觉得,既不是少年时期的咏絮聪明,也不是青年时期的辩才无碍,谢道韫最动人的风度,体现在她晚年经历的一次大变乱上。东晋末年,爆发了孙恩、卢循起义。起义军声势浩大,来势汹汹。当时,王凝之正担任会稽内史。

---

① 魏晋时,嵇(jī)康、阮(ruǎn)籍等七人,经常同游于竹林之中,他们轻视礼法,纵情清谈,被称为"竹林七贤"。

清 蒲华 《山水》◎

会稽郡是侨姓士族的大本营，又是都城建康的东南门户，所谓会稽内史，就是东晋会稽郡的军政长官，可想而知，地位何等重要。形势迫人，王凝之表现如何呢？一言以蔽之，王凝之掉链子了。他不是信奉五斗米道吗？面对强敌，他根本不肯积极备战，而是紧闭房门，磕头祈祷。祈祷完毕，王凝之出来对下属说："我已经请求道祖，跟他借了鬼兵，现在每个关津渡口都有好几万鬼兵把守着，你们不必害怕。"这不是鬼话连篇吗？谢道韫是谢安的侄女，而谢安是指挥过淝水之战①的人，谢道韫自幼受谢安教养，胸中是颇有谋略的。她才不信什么鬼兵，就苦苦劝谏丈夫。可是，王凝之鬼迷心窍，一概不理，谢道韫也无可奈何。

既然王凝之不设防，孙恩大军也就顺顺当当杀进了会稽城，这时候，王凝之才明白过来，他无计可施，只能弃城逃跑。可是，大敌当前，他又如何能够逃得了呢？一阵砍杀之下，王凝之和他的几个儿子都成了刀下之鬼。这个时候，谢道韫已经接近五十岁了，咏絮清谈了几十年，她其实从来没见过兵戈。但是，眼看着丈夫和几个儿子相继惨死，她却临危不乱，手持利刃，带领家中女眷冲了上去。有道是狭路相逢勇者胜，谢道韫虽是纤纤弱质，悲愤相激，居然也手刃了好几个敌兵。然而，寡不敌众，谢道韫最终还是被俘虏了，这个时候，她的手里还拉着只有几岁的外孙刘涛。面对着杀红了眼睛的孙恩，谢道韫说："这是我们王氏一门的事情，这孩子姓刘，此事跟他无关。你要杀他，先杀了我！"孙恩本来是个杀人不眨眼的魔王，但是看着眼前这个无

---

① 东晋时，前秦苻（fú）坚大举南侵，想要击败东晋，一统中国。淝水之战东晋以少胜多大败敌军，南北分裂的局势因而形成。

所畏惧的老太太，竟然放下了屠刀。

什么叫林下风度？这种泰山崩于前而色不变的气概才是真正的林下风度。当年，谢安指挥淝水之战的时候，放手让弟弟谢石、侄子谢玄去前线跟敌人厮杀，自己只坐在家里，跟客人下棋。一局未了，前方战报送到，谢安看了一眼，放在旁边，继续下棋。要知道，淝水之战可是关系到东晋政权生死存亡的大战，看到谢安不言语，客人坐不住了，赶紧问谢安："这时候还下什么棋呀，您倒是说说，前方到底怎么样啦？"谢安头也没抬，淡淡地说："没什么，孩子们已经把敌人打败了。"看到没有？这叔侄两人多像啊。虽然一个是男，一个是女，一个大获全胜，一个一败涂地，但是，他们的风度气概是一样的，不以物喜，不以己悲，临危不惧，临难不苟，闪耀着真正的贵族精神。

谢道韫晚年的时候，独自一个人住在会稽的家中。有人找她求学或者清谈，她也并不拒绝，仍然像当年替王献之解围的时候那样，挂一匹帐子，在帐子里侃侃而谈。她已经一无所有，但是，她绝不失魂落魄。恰恰相反，她写下一首流传至今的诗篇，名叫《拟嵇中散咏松诗》。诗云："遥望山上松，隆冬不能凋。愿想游下憩，瞻彼万仞条。腾跃未能升，顿足俟（sì）王乔。时哉不我与，大运所飘摇。"什么意思呢？遥望那高山顶上的青松，隆冬也不能让它凋零。我真想在那松下自在休闲，瞻仰它那茂密的万丈枝条。然而我无法登上高山，只能羡慕白日飞升的仙人王子乔。时运终究不眷顾我，我只能随着命运飘飘摇摇。这首诗中没有闲花野草，它有的只是隆冬中依然苍翠的大松树，还有松树下那苍凉而又感慨的诗人。它不像是一般女性的浅吟低唱，而像一位垂老壮士的深深叹息。若有风骨藏于心，岁月从不败美人。经历了人生的大起大落，谢道韫从轻盈的柳絮活成了挺立的青松，这才是最令人敬佩的成长。

【思考历史】

◇ 请了解一下魏晋时期的门阀，比如陈郡谢氏是怎么起势的？谢家的谢灵运、谢朓都有哪些作品？琅琊王家又出现过哪些厉害的人物？

◇ 思考一下，魏晋时期为何流行清谈？

◇ 人们都说李白和他的诗里有魏晋名士的风流，你觉得李白有哪些地方有魏晋风度呢？

碧玉 ◇

魏晋南北朝时期创造出了两个成语，都用来形容女性。它们代表了传统女性两种截然不同的风范，直到今天还在我们的生活中广泛应用。这两个成语，一个叫"大家闺秀"，出自《世说新语·贤媛》，就是谢道韫和张彤云斗法的时候，济尼评价张彤云的那句话："顾家妇清心玉映，自是闺房之秀。"从此之后，大家闺秀就用来指出身世家大族，端庄贤惠的女子。另一个成语叫"小家碧玉"，出自《乐府诗集①·碧玉歌》，说的就是本文的主人公碧玉。

《乐府诗集·碧玉歌》是怎么回事呢？这就涉及中国古代的一些文学知识了。当年，汉武帝设立了一个政府机构，就叫乐府，派人到处采风，专门收集和整理各地的民间音乐，借此来了解各地的民风民情。后来，乐府诗发展得越来越有特色，到魏晋南北朝时期，乐府就逐渐从机构的名称演化成为一种诗体的名称，不管来自民间采集还

---

① 《乐府诗集》由宋代郭茂倩编。一百卷，收录了从先秦至唐五代的乐府歌辞及歌谣，是收集历代乐府诗最为完备的重要典籍。

天齊樓

清 李世倬 《天齊樓》◎

是来自文人创作，只要是合过乐，能够演唱的诗歌都叫乐府。南北朝时期不是南北分裂吗？乐府也就分成了北朝乐府和南朝乐府。北朝乐府是北方民歌，基本上都能归入"鼓角横吹曲①"，吟唱战争，也吟唱生活，曲调就像当时的北方人一样，质朴豪放。比如，我们熟悉的《木兰诗》②，就是北朝乐府的典范③。南朝乐府是南方民歌，基本上都归入了"清商曲④"，内容主要是讲爱情，曲调也像当时的南方人一样，温柔婉约，富有女性气息。

《碧玉歌》属于南朝乐府中的清商乐，讲的正是爱情主题。谁和谁的爱情呢？北宋郭茂倩在编《乐府诗集》的时候，给它写了一个题记："《碧玉歌》者，宋汝南王所作也。碧玉，汝南王妾名。以宠爱之甚，所以歌之。"大意是说，《碧玉歌》是刘宋王朝⑤的汝南王所写。碧玉是汝南王的爱妾，汝南王喜欢她，所以才给她写了《碧玉歌》。也就是说，《碧玉歌》讲的是汝南王和碧玉之间的爱情。这本来是一个很清楚的题记，可是我们翻翻历史书就会发现，刘宋王朝

---

① "鼓角"是古代军队中用来发出号令的战鼓和号角。"横吹"是一种汉代的鼓吹乐，是军中马上的音乐。"鼓角横吹曲"是乐府的歌曲名，大多数是北朝民歌，多用于军中。留存下来的，除《木兰诗》外，篇幅都较短。其中也有原用鲜卑等族语言后经过汉译的。这些诗在南朝梁时被采入乐府，故又名《梁鼓角横吹曲》。

② 《木兰诗》和汉乐府诗《孔雀东南飞》被称为"乐府双璧"。

③ 北朝民歌里还有一首《敕勒歌》非常知名，"敕勒川，阴山下。天似穹庐，笼盖四野。天苍苍，野茫茫，风吹草低见（xiàn）牛羊"。

④ 乐府歌曲名，因为声调比较清越，因此叫清商曲。

⑤ 南朝刘裕建立了宋朝，为了与赵匡胤（yìn）建立的宋朝相区分，人们将它称为"刘宋"。

南北朝时期

从 420 年东晋灭亡到 589 年隋朝统一之间，中国历史上形成的南北分裂、对峙的局面，被称为"南北朝"。

北朝：

·386 年，拓跋珪（guī）重建代国，改国号为"魏"，史称"北魏"。

·439 年，北魏统一北方，与南朝对峙。

·534 年，北魏孝武帝不堪大丞相高欢的胁迫，西奔长安。高欢另立孝静帝。从此，北魏分裂成了东魏和西魏。

·550 年，高欢的儿子高洋代东魏称帝，国号"齐"，都邺（今河北临漳西南），史称"北齐"。

·557 年，西魏大臣宇文泰的儿子宇文觉代西魏称帝，国号"周"，建都长安（今陕西西安市西北），史称"北周"。

·577 年，北周灭北齐，统一中国北方。至581 年被隋所灭。

南朝：

·420 年，东晋将领刘裕代晋称帝，国号"宋"，也被称为"刘宋"。

·479 年，宋原禁军将领萧道成代宋自立，

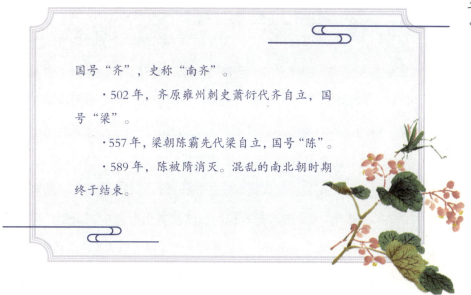

国号"齐"，史称"南齐"。

·502 年，齐原雍州刺史萧衍代齐自立，国号"梁"。

·557 年，梁朝陈霸先代梁自立，国号"陈"。

·589 年，陈被隋消灭。混乱的南北朝时期终于结束。

并没有汝南王，倒是东晋有一个汝南王司马义。东晋后来被刘宋所取代，两个朝代挨得特别近，所以大多数学者都认为，这个宋汝南王其实就是指东晋汝南王司马义。那么，司马义和碧玉之间到底有着怎样的爱情故事呢？正史之中一个字都没有提。但是，看看《乐府诗集》中这几首《碧玉歌》，我们自己就能连缀起一个完整的爱情故事。

bì yù pò guā shí　　láng wèi qíng diān dǎo　　fú róng líng shuāng róng　　qiū róng gù shàng hǎo
碧玉破瓜时，郎为情颠倒。芙蓉陵霜荣，秋容故尚好。

bì yù xiǎo jiā nǚ　　bù gǎn pān guì dé　　gǎn láng qiān jīn yì　　cán wú qīng chéng sè
碧玉小家女，不敢攀贵德。感郎千金意，惭无倾城色。

bì yù xiǎo jiā nǚ　　bù gǎn guì dé pān　　gǎn láng yì qì zhòng　　suì dé jié jīn lán
碧玉小家女，不敢贵德攀。感郎意气重，遂得结金兰。

bì yù pò guā shí　　xiāng wèi qíng diān dǎo　　gǎn láng bù xiū láng　　huí shēn jiù láng bào
碧玉破瓜时，相为情颠倒。感郎不羞郎，回身就郎抱。

先看第一首。"碧玉破瓜时，郎为情颠倒。芙蓉陵霜荣，秋容故尚好。""碧玉破瓜时"是指什么时候？中国古代篆书的瓜字，看起来像是两个八字的合体，所以古人又把二八年华雅称为"破瓜"。二八年华是十六岁，这样说来，所谓"碧玉破瓜时"，就是碧玉十六岁的时候。再看第二句，"郎为情颠倒"。这里的郎，当然是汝南王司马义。贵为王爷的司马义见到了十六岁的碧玉，一下子就为她倾倒了。为什么会如此一见钟情呢？下两句说得清清楚楚。"芙蓉陵霜荣，秋容故尚好。"很明显，这次见面发生在秋天，那小小的碧玉，就像是开放在秋天里的一朵芙蓉花一样，虽然被霜露欺负得有点楚楚可怜，但是姿态仍然是那么美好。这就是第一首《碧玉歌》所讲的故事：碧玉初会汝南王，汝南王被她出水芙蓉一般的纯净所打动，以至于"郎为情颠倒"了。那碧玉怎么想呢？这首诗里没讲。不过别着急，接着看第二首。

"碧玉小家女，不敢攀贵德。感郎千金意，惭无倾城色。"碧玉我是小户人家的女儿，怎么敢高攀您这样的贵人。我感激您对我的深情，但是我太惭愧了，因为我并没有倾国倾城的姿色。这真是小家碧玉的本色。谢道韫嫁给王凝之，会不会说"道韫小家女，不敢攀贵德"？她才不会。陈郡谢氏和琅琊王氏是同等级别的高门大族，而她的个人才华又比王凝之高了一大截。所以，她只会说："不意天壤之中乃有王郎！"她平视着王凝之，甚至俯视着王凝之。但是碧玉不一样。她是谁家的女儿？不知道。她的本名当真就叫碧玉吗？应该也不是。她只是汝南王府买进来的一个歌女而已。既然进了王府，本姓本名就都丢掉了，任凭主人赏赐一个名字。这就像《红楼梦》里，贾宝玉的大丫头袭人一样，她本来姓花，可是，到了贾府，这个姓氏就没用了。她服侍贾母的时候，贾母给她起名叫珍珠，那她就是珍珠。到了贾宝玉这边，贾宝玉给她改个名字叫袭人，那她就是袭人。像碧玉这样连名字都没有的小姑娘，忽然被汝南王那样的大人物看上，她的第一个感觉是什么？绝不是幸福，而是惶恐。所以她才会说："碧玉小家女，不敢攀贵德。"您这样高贵，我高攀不起呀。她惶恐着，拒绝着，汝南王呢？一定是继续示好，夸她漂亮，像芙蓉花一样。尽管如此，碧玉仍然觉得难以置信，自己真的有那么漂亮吗？这才有了诗中的第三句和第四句："感郎千金意，惭无倾城色。"这里所说的"千金意"可不是说汝南王给了她贵重的礼物，而是说，汝南王对她的厚爱价值千金。能得到王爷厚爱，碧玉自然是高兴的，可是，她对自己又是那么不自信，她觉得自己没有倾国倾城的美色，根本配不上高贵的王爷。这种诚惶诚恐，既幸福又不敢相信的心理，刻画得多么细腻！这就是"小家碧玉"这个成语的来历。别看"小家碧玉"这四个字，在全诗的第一句"碧玉小家女"里已经出现了，但是，要想真的理解这个成语的内涵，还得把全诗都读完。到底什么样的姑娘才叫小家碧玉呢？词典里给出的解释是"指小户人家的年轻美貌的女子"。这个解释当然没错，但是并没有完全抓住核心，小家碧玉最核心的气质就是那种掩饰不住的不自信，而这种不自信又让她显得格外娇羞谦逊，楚楚动人。这样温柔的仰视姿态对男性特别是古代男性来说格外具有杀伤力，汝南王因此更喜欢她了。那接下来呢？

接下来看第三首："碧玉小家女，不敢贵德攀。感郎意气重，遂得结金兰。"看到没有？碧玉一开始还在推托，她说："碧玉小家女，不敢贵德攀。"碧玉我是小户人家的女儿呀，您这样尊贵的人物我可不敢高攀。可是，在汝南王强大的爱情攻势之下，碧玉终于放松下来了。她说："感郎意气重，遂得结金兰。"我们现在觉得，所谓义结金兰，就是结拜为异姓兄弟，或者结拜为异姓姐妹。但在古代，金兰之交还可以指男女之间的情意。碧玉感动于汝南王对她的深情厚谊，终于答应和他义结金兰。到此为止，这段爱情已经走出了三部曲：第一步是汝南王为情颠倒，第二步是碧玉惶恐逃避，第三步是碧玉终于接受。那第四步又该如何呢？

看第四首："碧玉破瓜时，相为情颠倒。感郎不羞郎，回身就郎抱。"这第四首诗的第一句"碧玉破瓜时"和第一首诗的第一句一模一样，可是，到第二句就有区别了。第一首诗的第二句是"郎为情颠倒"，那还只是汝南王的一厢情愿；但是，到了第四首诗，第二句已经变成了"相为情颠倒"，这不再是一个人独舞了，而是两个人相对起舞，这份爱情已经从汝南王的一厢情愿，变成汝南王与碧玉的两情相悦了！被爱情鼓舞着的碧玉，终于摆脱了小家碧玉的拘谨和羞涩，她变得既开朗又大胆，主动追求着爱情。怎么主动追求呢？第三、四句诗云："感郎不羞郎，回身就郎抱。"因为有爱，就不再怕羞了，相反，她回过身去，一头扎进了汝南王的怀抱。这还是那个反复念叨着"碧玉小家女，不敢攀贵德"的碧玉吗？既是，又不是。她还是那朵美丽的芙蓉花，只不过开始的时候，那芙蓉还只是含苞，此时此刻，她却已经蓬勃地怒放了。这十六岁的花季是多么甜蜜呀。本来，我们中国人是非常含蓄的，在正统诗文中很难看到像"感郎不羞郎，回身就郎抱"这样热情甚至是赤裸裸的情感表达。但是，乐府来自民歌，它虽然也会经过文人的整理和雅化，但是，底子仍然是属于民间的，

秋深红摧
云水湖白
沙决鸳鸯
不知辗梦
中六同衾
壬午初秋月
徐凫

重驾连滕 绿 兇集芙蓉闲试间沙江人
他思岳风灾 上山道人顾瑛

清 顾瑛 《芙蓉双鸳图》◎

带着民歌特有的坦率和深情。就像这一组《碧玉歌》，虽然号称是汝南王所作，也有人说是文人孙绰所作，但是，非常多的学者都认为，这应该就是民歌，假托了一个有名气的作者而已。事实上，也只有民歌才能够把感情写得如此强烈而又如此纯真，让人一点都不觉得猥亵，只觉得美好。

《碧玉歌》流传开来之后，碧玉也就成了清纯美少女的代名词，在诗文之中反复出现了。就拿贺知章那首著名的《咏柳》来说吧，"碧玉妆成一树高，万条垂下绿丝绦（tāo）。不知细叶谁裁出，二月春风似剪刀"。拿美人比春柳，怎么比呢？比西施？太艳了。比昭君？太正了。还是贺知章最会打比方，他把那春天的垂柳比成年方十六岁的碧玉，碧玉有多娇艳，柳色就有多娇嫩。"碧玉妆成一树高，万条垂下绿丝绦"，这是多么可爱的比喻啊。

可能有的读者朋友会疑惑，魏晋南北朝时期有名气有故事的妇女那么多，你为什么要放下那些历史名人，来写一个在正史中连名字都没有的碧玉呢？其实，我是想借着碧玉，跟大家讲一讲这个时代的婚姻与爱情。东晋南北朝的时候，中国分裂成了北方的胡人政权和南方的汉人政权。南方和北方都是门阀社会，婚姻都要严格遵守门当户对的原则，但是，两个地方的社会风俗又不一样。总的说来，北方受胡人的影响，夫人们都比较能干，她们在社会上横冲直撞，替子求官，为夫诉讼，大搞"夫人外交"；在家里也毫不示弱，大多数都要求丈夫遵守一夫一妻的原则。按照当时人的说法，是"父母嫁女，则教之以妒；姑姊（zǐ）逢迎，必相劝以忌"。父母嫁女儿的时候，先教她嫉妒；姐妹们凑在一起，也都互相提醒着要盯紧丈夫。所以，隋朝的开国皇后独孤伽罗才会在新婚之夜就让丈夫立下誓言，一辈子只娶她一个。独孤皇后结婚的时候还是北周的天下，所以，她的强悍，反映的正是北朝风气。

但是，南方和北方不同。南方受汉族的礼法约束更大，夫人们平时很少见外人，就连号称有林下风度的谢道韫，要想和人清谈，也只能躲在帘子后头。夫人们不光是社会影响力小，在家庭之中也更为柔顺，大多数都容许丈夫纳妾。就拿谢道韫的小叔子王献之来说吧，他最初娶的是自己的表姐郗（xī）道茂，后来又被新安公主司马道福看中，被迫休了郗道茂，成了新安公主的驸马。按说，新安公主能够在使君有妇①的情况下硬生生地夺人所爱，够强悍了吧？可是，就算贵为公主，她也没法禁止王献之纳妾。据说王献之四十岁左右的时候，纳了一个小妾，取名桃叶，爱如珍宝。桃叶的娘家和王家隔秦淮河相望，桃叶过河省（xǐng）亲，王献之总是放心不下，每次都要亲自到渡口送行。送行就罢了，他还写了一首《桃叶歌》："桃叶复桃叶，渡江不用楫（jí）。但渡无所苦，我自迎接汝。"什么意思呢？桃叶啊桃叶，你那么轻盈，渡江都不用划桨了。你就放心渡河，不用害怕，我自然会到这里来接你回家。据说，南京的桃叶渡②就是这么来的。想想看，桃叶与王献之的故事，像不像另一个版本的碧玉和汝南王？这就是南朝大家族的生活状态，夫妻之间相敬如宾，维护着世家大族

---

① 汉乐府《陌上桑》中，采桑女罗敷回绝欲纳她为妾的太守时说"使君自有妇，罗敷自有夫"，意思是你有妻室，我有丈夫。

② 渡口的名字，在今天江苏省南京市的秦淮河畔。

的共同利益；但是，真正承担着情感角色的，却往往不是顶着大家闺秀光环的夫人，而是那些温婉可人的小家碧玉。就拿王献之来说吧，他临终之前，有人问他，你这辈子干过什么让自己不安的事吗？他说，别的都想不起来了，就记得和郗道茂离婚这件事。临死之前都还充满着对原配夫人的愧疚之情，可见他对新安公主并无太大的好感，但是，迫于政治压力，他也只能接受这段婚姻。不过，就算他每天对新安公主行礼如仪，恐怕也抵不上这一句"但渡无所苦，我自迎接汝"来得温暖吧。

我们现在当然支持一夫一妻制，绝不容许纳妾，但是，在特别追求门当户对、政治联姻的南朝，这种"碧玉小家女，来嫁汝南王"式的爱情也未尝不意味着当时人性的解放。王孙公子与大家闺秀的婚姻总是联系着家国天下，但是，小家碧玉们却在历史的缝隙中探出头来，偷得浮生半日闲，享受一下没什么保障，但仍然令年轻的心怦怦跳动的小情小爱。她们的娇羞和热情仿佛一道柔光，照亮了那段混沌的历史。说到这里，我不由得想起清朝袁枚的那首诗来："白日不到处，青春恰自来。苔花如米小，也学牡丹开①。"江南的小家碧玉就像那如米的苔花一样，静悄悄地走进了中国历史的画卷，她们也有青春，也曾盛开。

---

① 出自清朝袁枚的《苔》。意思是，春天阳光照不到的背阴处，青春的生命照常萌动。苔花虽如米粒般微小，但也像牡丹一样恣意地绽放。

【思考历史】

◇ 思考一下古代朝堂上的政治联姻，以及高门大户之间的高门联姻，这样的联姻有什么好处？又有什么问题？

清 邹一桂 《秋英呈艳》◎

苏小小

　　任何时代，女性都是分层的。生物学意义上的一致并不能改变她们在社会学意义上的巨大落差。等级森严的魏晋南北朝时期有风度潇洒的名门闺秀，有温婉可人的小家碧玉，也有风流婉转的奇优名妓。我们中国的古人其实并不肯埋没人才，他们不仅排出了四大才女、四大美女、甚至还排出了所谓的四大名妓。都有谁呢？南朝苏小小，北宋李师师，明末的陈圆圆 ① 和柳如是 ②。在这四大名妓之中，为首的就是本文主人公，南朝名妓苏小小。

　　苏小小是谁？词典里会介绍说，她是钱塘名妓。但是我觉得，与其说她是一个真实存在的钱塘名妓，倒不如说，她其实是中国文人做的一个梦。这个梦就从南朝的《钱唐苏小歌》做起。南朝是怎么来的呢？这还得从汉末大乱、天下三分说起。曹操、刘备、孙权三人建立魏、蜀、吴三国，其中，吴国定都江南，这就给后来的南方政权打

---

① 据说吴三桂为了她"冲冠一怒为红颜"，放清军入关。

② 明末清初女诗人。李自成攻入北京后，她曾想和自己的丈夫钱谦益一起殉国。

了一个底子。后来，三国归于一统，演变成西晋。西晋后期，五胡入华，北方成了胡人的天下；而晋朝的皇室则逃往南方，建立了东晋。东晋灭亡之后，宋、齐、梁、陈四个王朝依次更迭。这四个王朝都由汉人建立，又都定都南京，就被合称为南朝。杜牧诗云："南朝四百八十寺，多少楼台烟雨中①。"指的就是这四个王朝。南朝偏安江南，疆域狭窄，军事实力也不及北方强；但是，有得必有失，它的文化特别繁荣，而且比较富有女性气息。这首《钱唐苏小歌》正是如此。

歌云："妾乘油壁车，郎骑青骢（cōng）马。何处结同心？西陵松柏下。"所谓"妾"是古代女子的自称，而油壁车，是一种比较高级的车子，车壁涂了油，既结实，又轻便。中国古代严男女之大防，女子出行，总要把自己遮蔽起来。既然如此，这轻便的油壁车就成了姑娘们出行的最佳选择，也是她们的形象符号。一句"妾乘油壁车"，我们已经明白了，这是一首以女性口吻写成的诗，诗的主人公就是这个坐着油壁香车的女子。女子的标准形象是坐在车里，男子的标准形象则是骑在马上。青骢马的毛色青白夹杂，本来算不得特别出众的宝马，但是，因为汉乐府《孔雀东南飞》里，迎娶刘兰芝的县令之子骑的是"踯躅（zhí zhú）青骢马"，从此之后，青骢马就成了翩翩贵公子的标配。这就是第二句"郎骑青骢马"。一妾一郎，一车一马，两

---

① 出自唐朝杜牧的《江南春》"千里莺啼绿映红，水村山郭酒旗风。南朝四百八十寺，多少楼台烟雨中"。意思是，江南到处莺歌燕舞，柳绿映着桃红。临水的村庄依山的城郭酒旗迎风招展。南朝的那么多座寺院，如今还有多少矗立在朦胧的烟雨之中？

个人并肩而行，是要干什么去呢？"何处结同心？西陵松柏下。"原来，两个人是要订终身去了，而且，为了让这永结同心的约定更有仪式感，她还特地选择了西陵松柏下，希望这爱的誓言像松柏一样常青，也希望两个人能够同生共死。所以，这首诗翻译下来，就是"我乘油壁车，你骑青骢马。何处结同心？西陵松柏下"。这就是苏小小最初的形象，她拉上一个"青葱"少年，到西陵去私订终身，那少年不是令人鄙薄的天壤王郎，而是她心目中的真命天子，所以，她才要郑重其事，到松柏之下去永结同心。这样大胆追求爱情的苏小小，真让人觉得可爱，这是文人的第一个梦。

不过，这可爱背后，也让人心存疑虑。什么疑虑呢？这首诗并没有说清她的身份。苏小小没有家长的主持，就和一个男子来往，甚至私订终身，这显然不是大家闺秀，甚至都不像良家女子。古代的良家女子，哪能如此大胆放肆呢？这样看来，苏小小恐怕就有娼妓的嫌疑了。事实上，古人也正是根据这首诗，给她安了一个头衔，叫作钱塘名妓。娼妓好像有自由，也好像有爱情，但是，她们自由的背后其实是无依无靠，她们的爱情也很难修成正果，这样一来，她们的结局也就可想而知了。所以，这首诗虽然说的是"何处结同心，西陵松柏下"，好像是在祝福郎情妾意如松柏常青，但是，因为有了对娼妓命运的基本认识，再有"西陵"这样带着死亡气息的地名，让我们这些后人读起来，就不免会猜想，她的这一番心意一定没有实现，她最终肯定是香消玉殒，埋在这西陵之下，松柏之中了！

是不是呢？其实没人知道。可是，到了唐朝，有一位大诗人，用如椽巨笔，把这个悲剧故事给坐实了。这个人就是诗鬼李贺①。李贺为苏小小写了一首非常著名的诗，叫《苏小小墓》。诗云："幽兰露，如啼眼。无物结同心，烟花不堪剪。草如茵，松如盖。风为裳，水为佩。油壁车，夕相待。冷翠烛，劳光彩。西陵下，风吹雨。"别看也有香车美女，这首诗和《钱唐苏小歌》可大不一样，它不是在写活着的苏小小，而是在写苏小小的鬼魂了。那幽兰上的露水，是她含泪的双眼；她没有什么东西可以绾（wǎn）成同心结，那坟上的草花也不堪一剪。坟头的青青绿草，是她的褥垫；亭亭青松，是她的罗伞；习习春风，是她的衣袂飘动；潺潺流水，是她的环佩叮咚。那空无一人的油壁车，还在晚风中苦苦等待；那闪着绿光的鬼火（翠烛），也白白地焕发着死亡的光彩。那凄凉的西陵之下，只有瑟瑟寒风吹打着冷冷的雨。这首诗美不美？真美。冷不冷？也真冷。因为它吟咏的不再是世上的人，而是九泉下的鬼。苏小小为什么从人变成了鬼？因为那骑在青骢马上的有情郎不见了。油壁车等不来青骢马，苏小小也绾不成同心结，那本应照亮两人身影的翠烛，也只能白白地燃烧，虚幻着光彩。大概，这正是苏小小流泪的原因，也正是苏小小真正的死因吧？可是，她即便是死了，也还在风雨之夕，彻夜等待。这个形象，多么哀怨，又是多么痴情啊，和南朝那个多情而欢乐的苏小小已经大相径庭了。

那么，李贺为什么要塑造这么一个苏小小呢？一方面，他和我们一样，受到了"西陵松柏下"的强烈暗示，觉得这样的风尘美女前

---

① 唐朝诗人，他的诗经常寄情于神仙鬼魅的世界，表达自己怀才不遇的感受，所以叫"诗鬼"，代表作有《雁门太守行》《李凭箜篌（kōng hóu）引》等名篇。

清　康涛　《苏小像》◎

景堪忧，凶多吉少；但另一方面，这也是古代诗人惯用的手段，借他人之酒，浇自己胸中之块垒。李贺曾经是个少年天才。七岁已能写诗，少年时代就名扬四海。这样的才华横溢，像不像苏小小那"风为裳，水为佩"的绝世美貌？然而，这位天才诗人却又一身多病，一生坎坷。只因为他爸爸名叫李晋肃，他就得避讳"进"这个读音，终身不能考进士，也因此无法顺利进入仕途。这样的怀才不遇，不就和苏小小痴情而被辜负是一样的吗？两个人都是"无物结同心，烟花不堪剪"，一腔心事化成了灰。可是，就像苏小小虽然已经成为泉下之鬼，却还在苦苦守候着爱情一样，李贺虽然处处碰壁，但也还是怀揣梦想，苦苦守候着建功立业的机会。这就是"油壁车，夕相待"，这是女子

什么是避讳？

旧时为了表示对君主或者长辈的尊敬，在言语中，或者在书写时，不能说出写出君主或者长辈的名字。这就叫避讳。避讳的方法有缺笔画、缺字、换字、改音等。

避讳是什么时候形成的呢？西周时期就已经有避讳制度了。春秋战国时期的孔子作《春秋》时还总结过一个重要原则，就是"为尊者讳，为亲者讳，为贤者讳"，指要为君主、父亲和祖父、社会公认的德高望重的人去避讳，不要冒犯到他们。

的痴情，更是文人的痴心。这样的苏小小，固然叫人觉得可怜，但是，也有一份难能可贵的坚贞吧？这是文人的第二个梦。

可是，文人的梦到这里还没有做完。清朝的康熙年间，出了一本名叫《西泠韵迹》的古典白话小说，署名古吴墨浪子，又讲了第三个版本的苏小小故事。这个故事，个人觉得，比《卖油郎独占花魁》《杜十娘怒沉百宝箱》一类经典的青楼故事都更有趣，也更符合现代人的心理。

故事里说，苏小小原本就出身娼家，父亲自然不知道是谁，母亲也很早就去世了。她和一位贾姨娘一起，住在西湖边的西泠桥畔。大概是受到西湖明山秀水的滋养吧，苏小小长到十四五岁的时候，就已经姿容如画，出口成章了。她极爱西湖山水，既然是娼家女儿，没有父母管束，她就叫人造了一辆油壁车，每天在湖畔自由往来，指点江山。这样美丽而招摇的女孩子自然吸引了无数目光，人们纷纷议论说，这样的姑娘，一个人出门，肯定不是大家闺秀了，可是看她这慷慨挥洒的样子，哪个小家碧玉能有这样的风度呢？苏小小听人议论，也不烦恼，反而冷笑一声，信口吟出一首诗："燕引莺招抑夹途，章台直接到西湖。春花秋月如相访，家住西泠妾姓苏。"什么意思呢？我这一路招蜂引蝶，从章台的花街柳巷一直引到了西湖。你们如果在春花秋月的好时节想拜访我，那就记住了，我家住在西泠桥，我本人姓苏。一点都不怕人，也一点都不忌讳自己娼家的出身。真是个有个性的奇女子。既然说开了身份，自然就有公子王孙前来打听，想要讨了她做妾。可是，苏小小一概拒绝了。她跟贾姨娘说，我这一辈子酷爱自由。若是去了大户人家做妾，哪能像现在这样，每天自由自在，游山玩水？何况既然是大户人家，必定姬妾众多，与其到那里争风吃醋，做个低眉顺眼的小妾，何如在这里风流潇洒，做个出类拔萃的佳人！想想看，这是不是和我们看惯了的那些一心寻找下家从良的妓女不大一样？别人都把青楼当作作孽的地方，她倒拿它当了一个修行的道场。

可是，把无情挂在嘴边的佳人未必是真无情。有一天，她的油壁车碰到了一匹青骢马，这马上有一个少年，俊秀非常，眼睛只盯着她看。苏小小嫣然一笑，又随口吟了四句诗："妾乘油壁车，郎骑青骢马。何处结同心，西泠松柏下。"其实就是我们之前所说的那首《钱唐苏小歌》，只不过把"西陵"两个字中陵墓的"陵"换成了三点水旁的"泠"。得到美人青眼，少年当然开心。第二天，这少年便找到了苏小小家。两个人都是落拓不羁之人，既然一见钟情，很快就在一起了。然而，这少年并不是一般人物，他名叫阮郁，有一个当宰相的爸爸。这样的老爹自然不能容忍宝贝儿子跟一个妓女纠缠，三个月之后，阮郁的父亲棒打鸳鸯，把阮郁弄回了金陵。苏小小和阮郎骤然分离，是不是会大病一场，心灰意懒呢？她才没有那般颓唐。没过几天，苏小小又坐着她的油壁车，出现在西湖的山水之间，照样吟诗作赋。

又是一个秋天。苏小小到石屋山散心，忽然看见一位壮年书生，衣衫褴褛，但是气度不凡。一番打量之后，苏小小主动上前搭话了。她说："我是钱塘苏小小。我看你眼下虽然落魄，日后必定高中状元。如今南北分裂，国家正是用人之时，还请先生立志发奋，不要辜负了自己。"这书生名叫鲍仁，一听苏小小如此看重他，当即感动得热泪盈眶。他说："没想到我鲍仁的知己，竟然在风尘女子之中！姑娘说得自然不错，可是，我虽然也想发奋，只是京城路远，我又身无分文，奈何奈何！"苏小小慨然道："别的事情我帮不到你，这一点路费，还不容易！"当即就把鲍仁领回了家，封足一百两纹银，直接就送他上了路。大家看，这像不像《红楼梦》里，甄士隐对贾雨村的资助？其实，苏小小比甄士隐还潇洒，甄士隐和贾雨村已经是老相识，而苏小小仅凭一面之交，就慷慨解囊，真是侠肝义胆。资助完鲍仁又如何呢？苏小小也并非把宝押在他身上，天天苦等他高中，她还是每天乘着油壁香车，徜徉在西湖的山水之间，仿佛什么都没发生过一样。

然而世界上并没有永远的岁月静好。没过多久，苏小小偶感风寒，竟然一病不起。从小跟随她的贾姨娘痛不欲生，责怪苍天无情。苏小小笑道："姨娘不要再怨天怨地了，这不是老天不仁，恰恰是老天在成全我呢。我一个弱女子，每天往来谈笑的非富即贵，要不便是鸿儒硕学，姨娘以为我是靠什么？不就是倚仗着青春貌美吗！可青春能有几年？等到人老珠黄之时，不仅人人厌烦，甚至连如今的风流美名也都毁了。现在，老天有眼，即时收了我去，这不是对我最大的仁爱吗！"想想看，这不就是古人所说的"美人自古如名将，不许人间见白头"吗？凄凉之外，却又有一种清醒和自尊，跃然纸上。

临终之际，贾姨娘又问她：是否还有未了的交情？后事丰俭如何处置呢？小小淡然道："所谓交，不过是浮云；所谓情，也不过是流水；随有随无，忽生忽灭，有什么放不下的？至于后事，我既然已死，丰俭又有什么要紧呢？只是我生于西泠，死于西泠，还希望埋骨于西泠，请您别辜负我这一点山水之癖吧。"这样一个女子，真是超脱。可能有人会觉得，都超脱到无情了。是不是呢？其实并不是。如果真的无情，又何必执着于"埋骨于西泠"？在这个问题上，我觉得哲学家冯友兰先生说得最好："真正风流的人，有情而无我，他的情与万物的情有一种共鸣。"大概，苏小小就是这样有情而无我的人，她没有执着于一般的人情恩怨，而是把自己融入了自然山水之中，和西湖化为一体，也就和西湖一样，成为永恒了。

这第三个故事，又是什么梦呢？我觉得，这里有两个梦。第一个是落魄文人渴望红粉知己拯救的侠女梦。这其实是明清文人最喜欢做的梦了，《聊斋志异》里，有多少这样的美梦啊。永远是阔小姐爱上了穷书生，为穷书生贴钱贴物，掏心掏肝。苏小小的故事里，有这种梦的影子，但是又不大一样。她的确是资助了一个穷书生，但是，

才子佳人故事

古代文人喜欢自我投射，梦想着才子佳人的故事。比如：

·《西厢记》：书生张生与相国小姐崔莺莺在侍女红娘的帮助下，冲破重重阻挠终成眷属。

·《牡丹亭》：杜丽娘在梦中与一书生一见钟情，以致相思而死。死后幽魂得以与意中人相遇。最后为情复生，与书生结为夫妇。

·《白娘子永镇雷峰塔》：冯梦龙撰写的故事里，药铺主管许宣（后流传成许仙）遇到蛇精白娘子主仆，并与白娘子结为夫妇。

却并没有因此爱上他，更没有指望他回来娶她。换句话说，苏小小资助穷书生，是因为她愿意，仅此而已。这可是一种挺新鲜的创造。这个创造，又勾连出了文人的另一个梦，什么梦呢？渴望人格独立的自由梦。众所周知，清朝的社会比较压抑。不要说女子，就是男子，也深陷于纲常名教的天罗地网中，说话做事，往往身不由己。他们改变不了这样的社会现实，就借苏小小的大名，创造出这么一个特立独行的奇女子——富贵的，不谄媚；贫贱的，不轻视。缘来了，不拒绝；缘散了，不强求。活着担风袖月，死了埋骨烟霞。她从不辜负自己，也从不辜负河山。娼家生涯当然不值得歌颂，但是，抛开职业不说，这样的苏小小，也算是今天独立女性的一个先驱吧。

当年，风流潇洒的随园老人袁枚[①]对苏小小的故事心有戚戚，刻了一枚闲章，叫作"钱塘苏小是乡亲"，这本来是文人雅趣，无可深究，也无须深责。可他没想到，这枚闲章倒为他引来了事端。有一天，一位尚书大人路过随园，向袁枚索要诗集。袁枚奉上一本，还在上面盖了这方"钱塘苏小是乡亲"的印章。尚书一看，勃然大怒道："你怎么敢把一个卑贱的妓女名字盖在送给我的书上？这不是对我的侮辱吗？"袁枚本来不想生事，反复道歉，可尚书还是不依不饶。最后，袁枚终于发火了。他说："公以为此印不伦耶？在今日观，自然公官一品，苏小贱矣。诚恐百年之后，人但知有苏小，不复知有公也！"你是觉得这方印不伦不类吗？我告诉你，以今天的眼光看，自然你是

---

① 袁枚，清代诗人，乾隆年间进士。辞官后在小仓山隋氏废园修建园林，改园名为随园，自号随园老人。著有《随园诗话》《随园食单》等。

一品大官，苏小小是卑贱妓女；但是，我怕百年之后，人们只知道有苏小小，不知道你是哪根葱了！是不是呢？事实还真是这样。时至今日，那位故作清高的尚书早就成了笑料，而真正清高的苏小小墓却依然矗立在西子湖畔，往来游人凭吊不绝。这真是"湖山此地曾埋玉，风月其人可铸金"。

【思考历史】

◆ 落魄文人渴望红粉知己拯救，你在哪些古代书籍里看到过类似的故事？这些故事为什么吸引落魄文人？又存在什么缺点？

◆ 了解古代的避讳制度，思考一下，这个制度有什么作用，又会引发什么问题？

◆ 了解下随园老人袁枚，看看他对诗有哪些独到的见解？

花木兰

◇

说到南北方的差别，我们当代人还难免会陷入饺子与年糕，咸豆花与甜豆花之争。事实上，这种差别在中国古代也时有显现。特别是在大动荡、大分裂的魏晋南北朝时期，几乎时时处处都能感受到南北方的差异。南方人吃鱼，北方人吃肉；南方人喝茶，北方人饮酪①；南朝文学里有俏丽温婉的碧玉，北方文学里有坚强硬朗的木兰。本文的主人公，正是中国古代最著名的巾帼英雄木兰。关于这位英雄，有一首我们耳熟能详的乐府民歌《木兰诗》：

　　　　jī jī fù jī jī　mù lán dāng hù zhī　bù wén jī zhù shēng　wéi wén nǚ tàn xī
唧唧复唧唧，木兰当户织。不闻机杼声，唯闻女叹息。
wèn nǚ hé suǒ sī　wèn nǚ hé suǒ yì　nǚ yì wú suǒ sī　nǚ yì wú suǒ yì　zuó yè
问女何所思，问女何所忆。女亦无所思，女亦无所忆。昨夜
jiàn jūn tiě　kè hán dà diǎn bīng　jūn shū shí èr juàn　juàn juàn yǒu yé míng　ā yé wú dà
见军帖，可汗大点兵。军书十二卷，卷卷有爷名。阿爷无大
ér　mù lán wú zhǎng xiōng　yuàn wèi shì ān mǎ　cóng cǐ tì yé zhēng
儿，木兰无长兄。愿为市鞍马，从此替爷征。

---

① 用牛、羊、马等乳炼制成的半凝固的食品。

王震　《菊花小鸟》◎

乐府

　　乐府是古代的音乐官署，可以理解为音乐相关的政府机构。其建置始于秦，秦及西汉惠帝时均设有乐府令一职。到了汉武帝时乐府的规模较大，掌管朝会宴飨（xiǎng）、道路游行时所用的音乐，兼采民间诗歌和乐曲。

　　因为乐府机构的功能属性，乐府也慢慢成为一种诗体的名字，指的是乐府官署采集、创作的乐歌，也用以称魏晋至唐代可以入乐的诗歌和后人仿效乐府古题的作品。宋元以后的词、散曲和剧曲，因配合音乐，有时也被称为乐府。

　　《木兰诗》是一首北朝民歌，被收录在北宋郭茂倩编的《乐府诗集》里。

dōng shì mǎi jùn mǎ　　xī shì mǎi ān jiān　　nán shì mǎi pèi tóu　　běi shì mǎi cháng
东市买骏马，西市买鞍鞯，南市买辔头，北市买 长

biān　　dàn cí yé niáng qù　　mù sù huáng hé biān　　bù wén yé niáng huàn nǚ shēng　dàn wén
鞭。旦辞爷娘去，暮宿黄河边。不闻爷娘唤女声，但闻

huáng hé liú shuǐ míng jiān jiān　　dàn cí huáng hé qù　　mù zhì hēi shān tóu　　bù wén yé niáng
黄 河流水鸣溅溅。旦辞黄河去，暮至黑山头，不闻爷 娘

huàn nǚ shēng　　dàn wén yān shān hú qí míng jiū jiū
唤女声，但闻燕山胡骑鸣啾啾。

wàn lǐ fù róng jī　　guān shān dù ruò fēi　　shuò qì chuán jīn tuò　　hán guāng zhào tiě
万里赴戎机，关山度若飞。朔气传金柝，寒光照铁

yī　　jiāng jūn bǎi zhàn sǐ　　zhuàng shì shí nián guī
衣。将军百战死，壮士十年归。

guī lái jiàn tiān zǐ　　tiān zǐ zuò míng táng　　cè xūn shí èr zhuǎn shǎng cì bǎi qiān
归来见天子，天子坐明堂。策勋十二转，赏赐百千

有说法认为这首诗的故事发生在北魏时期，北魏是鲜卑人建立的政权，他们称呼自己的皇帝为"可汗"，也用中原的习俗称呼其为"天子"。所以这首诗里，会同时存在"可汗"和"天子"两种称呼。

强。可汗问所欲，木兰不用尚书郎，愿驰千里足，送儿还故乡。

爷娘闻女来，出郭相扶将；阿姊闻妹来，当户理红妆；小弟闻姊来，磨刀霍霍向猪羊。开我东阁门，坐我西阁床。脱我战时袍，著我旧时裳。当窗理云鬓，对镜帖花黄。出门看火伴，火伴皆惊忙：同行十二年，不知木兰是女郎。

雄兔脚扑朔，雌兔眼迷离；双兔傍地走，安能辨我是雄雌！

　　木兰这个人，在现存史书中并没有记载，我们对她的了解，基本上都来自《木兰诗》，但是，《木兰诗》跟一般的文学作品又不一样，它是一首北朝乐府民歌。北朝民歌有一个特点，特别质朴，质朴到什么程度？它里面只要出现有名有姓的人物，基本上都是实有其人，实有其事。所以，木兰很可能是一个真实存在过的历史人物，或者，至少有一个跟她非常类似的历史人物做原型。

　　我们现在常说"大丈夫行不更名，坐不改姓"，木兰既然实有其人，她总得有个姓氏吧？对这个问题，大多数人可能会不假思索地回答，木兰姓花呀。豫剧里，《花木兰》是经典剧目，就连美国迪士尼公司拍的电影也叫《花木兰》，我们平时说起四大巾帼英雄，也会说花木兰、樊梨花①、穆桂英②和梁红玉。的确，木兰姓花这个说法流传最广，但是，这个姓氏出现得很晚，它其实是明朝大才子徐渭③在杂剧《雌木兰替父从军》里，给木兰加上的一个姓。大概徐渭觉得木兰是一种花的名字吧，就随手给她安了一个花姓。杂剧是戏剧的祖宗，此后的各类戏剧都受徐渭杂剧的影响，也都管她叫花木兰。换言之，这个姓氏出自明代文人的创造，并不能作为依据。此外，还有人说她姓魏，姓朱，姓木等，但是，都没什么根据。我们今天经常说无名英雄，按

---

① 《征西全传》《薛丁山征西》中南征北战的女英雄。

② 《杨家将》中的女英雄。

③ 明代书画家、文学家，字文长。他在书法上善行草，在绘画上则善于画水墨写意花鸟，对大写意画派的形成有很大影响。他诗文戏曲都很精通，著有《南词叙录》，今人辑有《徐渭集》。

照这个思路，木兰其实是一位无姓英雄。

木兰虽然无姓，但是很有名气。我们上初中的时候，都学过《木兰诗》这篇课文。既然如此，还有什么新鲜的东西能够和大家分享呢？我想分享三个问题。第一，木兰女扮男装，替父从军在当时到底有没有可能？第二，作为文学作品，《木兰诗》到底好在哪里？第三，从古到今，人们的观念变化不小，木兰为什么会一直受欢迎？

木兰女扮男装去替父从军有没有可能？古往今来，很多人都觉得不可能。古代是冷兵器作战，对体力的要求比较高。木兰一个弱女子，怎么可能真的走上战场呢？这个观点貌似有理，但是，这样说话的人，一定是不了解北朝女子的神勇。魏晋南北朝有个最重要的时代特点，那就是少数民族入主中原。先是匈奴、鲜卑、羯（jié）、氐（dī）、羌（qiāng）五胡入华，建立十六国①；后来又有鲜卑族建立的北魏统一北方；再到后来，北魏分裂成东魏、西魏，东魏西魏又演化成北齐、北周。总而言之，一直到隋朝建立之前，整个北方都是胡人的天下。胡人是马背上的民族，无论男女，都能征善战；即使是那些留在北方的汉人，为了自保，也都纷纷练兵习武。这样一来，整个北方地区都弥漫着尚武之风，甚至连年轻姑娘，也都盘马弯弓，巾帼不让须眉。北朝民歌里讲女英雄，除了《木兰诗》，还有一首《李波小妹歌》："李

---

① 从 304 年刘渊称王起，到 439 年北魏统一中国北方为止，一百三十五年间在北方和巴蜀地区建立的割据政权，计有成汉、前赵、后赵、前秦、后秦、西秦、前燕、后燕、南燕、北燕、前凉、后凉、南凉、北凉、西凉、夏等十六国，历史上泛称这段时期为十六国时期。

波小妹字雍容，褰（qiān）裙逐马如卷蓬。左射右射必叠双。妇女尚如此，男子那可逢。"什么意思呢？李波的小妹妹名字叫雍容，她撩起衣裙，放马飞奔，如同狂风卷起草蓬。她总是一箭双雕，而且左右开弓。李家的妇女尚且如此英勇，又有谁敢和他家的男子相逢？李雍容这架势，这劲头，是不是很像木兰？而且，这位李波小妹可是实实在在的历史人物，她家的故事，就记载在《魏书·李安世传》里。根据《魏书》的记载，李波是广平人，也就是现在河北省永年县一带的人，李家宗族强盛，身处乱世之中，他们不停地招降纳叛，成了地方一霸。广平刺史自然不能容忍这样的势力存在，派人去围剿李波，结果被李波率领宗族打得落花流水。就是在李波跟官府反复较量的过程中，这首《李波小妹歌》传唱开来，成了广平民众反抗官府的精神武器。想想看，既然李波小妹能够"褰裙逐马如卷蓬"，那么，木兰当然也可以"东市买骏马，西市买鞍鞯，南市买辔头，北市买长鞭①"；既然李波小妹能够"左射右射必叠双"，那么，木兰也完全可以"万里赴戎机，关山度若飞②"；同样，既然李波小妹能够随兄作战，那么，木兰又为什么不能替父从军呢！

不过，李波小妹毕竟是跟着李家宗族一起作战，她完全可以保持女儿身份，如同《水浒传》里的扈（hù）三娘。可木兰是顶替父亲，随军远征，那她就不能再以女儿身示人，一定得女扮男装了。这个事

---

① 在不同集市买马匹和马具。其中，鞍鞯是马背上的马鞍子和垫在马鞍子下面的东西，辔头是马嘴巴上的马嚼子和缰绳。

② 行军万里奔赴战场，翻越关隘和山岭就像飞的一样。

徐操 《木兰从军图》◎

情有没有可能？也有可能。要知道，唐朝赫赫有名的太平公主年轻的时候，就曾经穿上一身武官的衣服，在唐高宗①和武则天面前大跳战争舞蹈，暗示父母给自己选个武将做夫婿。太平公主这种行为，是特例呢，还是常态？许多专家学者都考证说，在北朝隋唐时代，女扮男装本来就是一种社会风尚，也是一种时尚潮流。我们现在看到的《虢（guó）国夫人游春图》②也好，永泰公主墓壁画也好，都有女扮男装的形象。可能有的读者朋友会反驳，女扮男装一天两天可以，时间长了，怎么可能真的看不出来呢？其实，这样的例子也并非没有。唐末五代的时候，有一位名叫黄崇嘏（gǔ）的川妹子，在父母亡故之后女扮男装，到处游历。游历到卓文君的老家临邛的时候，因为一个偶然的事故，认识了当地的父母官周庠（xiáng），周庠非常欣赏她的风度，就举荐她当了司户参军，这是一个八品官。黄崇嘏在这个岗位上干了一年多，工作特别出色，处理了好多积压案件，周庠对她更是青眼相加，非要把自己的女儿许配给她。这下子，黄崇嘏没有办法再装下去了，只好从实招来，承认自己是女儿身。这其实就是黄梅戏《女驸马》的故事原型。既然黄崇嘏能够女扮男装当官，木兰为什么不能女扮男装从军呢？当然，无论是女扮男装，还是替父从军，木兰肯定都要克服巨大困难，但是唯其如此，才更能凸显她的英雄本色，如果她只做寻常的事情，就在家里纺纱织布，相夫教子，又怎么可能被写进《木

---

① 李治，唐太宗李世民的儿子。

② 唐代画家张萱以虢国夫人春游为题创作的一幅传世名画。虢国夫人是唐朝杨贵妃的姐姐。

兰诗》里，名垂千古呢！

再看第二个问题，《木兰诗》代表了北朝民歌的最高水准，和《孔雀东南飞》①一起，合称"乐府双璧"，那么，这首诗到底好在哪里呢？它有两个特别的好处，第一，书抄得好；第二，梗埋得深。先看书抄得好。这首诗哪里是抄的？开头就是抄的。《木兰诗》起手云："唧唧复唧唧，木兰当户织。不闻机杼声，唯闻女叹息。问女何所思，问女何所忆。②"当年，老师都会告诉我们，这个开头有悬念，出手不凡。以叹息声引出悬念不假，可是，最先这么写的，并不是《木兰诗》，而是另外一首北朝民歌《折杨柳枝歌》。《折杨柳枝歌》云："敕敕何力力，女子临窗织。不闻机杼声，只闻女叹息。问女何所思，问女何所忆。阿婆许嫁女，今年无消息。"抄得相当明显吧？只不过在《折杨柳枝歌》里，那个女儿所思所忆的是"阿婆许嫁女，今年无消息"，是个婚姻恋爱方面的老话题；而木兰所思所忆的，是"昨夜见军帖，可汗大点兵③"，是个不同寻常的英雄话题。经过这么一改造，木兰与众不同的地方不就出来了吗！这就是青出于蓝而胜于蓝，抄得比原诗还好。

其实，这首诗不仅开头是抄的，结尾也是抄的。《木兰诗》的

----

① 东汉建安末年民歌，被收入南朝徐陵所编的《玉台新咏》和郭茂倩的《乐府诗集》中。讲述了东汉末年庐江（今安徽庐江西南）小吏焦仲卿和妻子刘兰芝因为遭到母亲的反对和拆散而殉情的悲剧故事。

② 叹息又叹息，木兰对着门织布。听不到织布机的声音，只听到女子的叹息。问姑娘在思考什么，问姑娘在回忆什么。

③ 昨夜见到军队的告示，皇帝开始大规模地征兵。

结尾感慨道："雄兔脚扑朔，雌兔眼迷离，双兔傍地走，安能辨我是雄雌！"把两只小兔子揪起来，雄兔子的两只前脚会时时动弹，而雌兔子则会不时地眯缝一下双眼，这还比较容易分辨。可是，一旦两只兔子并肩奔跑起来，谁又能分辨出哪只是雄兔，哪只是雌兔呢？这一雄一雌两只小兔子，不正象征着人世间的男女两性吗？平日里，男子和妇女身份职责不同，穿着打扮也不同，肯定很容易区分；可是，一旦上了战场，大家都一样身着戎装，冲锋陷阵，又怎么会分清楚哪个是男，哪个是女呢！仔细想来，这不就是我们今天在职场中经常看到的状态吗？下了班之后，女孩可能会刷刷肥皂剧，男孩可能会打打网络游戏，可是，一旦到了工作岗位，男女还有什么差别呢？这就是木兰对伙伴们"同行十二年，不知木兰是女郎"的答复，也是木兰真正的骄傲所在：一旦机会均等，谁说女子不如男！这个比喻多么俏皮，多么形象啊，还因此诞生了一个成语，就叫"扑朔迷离"。

可是，这如此精彩的比喻，其实也有抄袭之嫌。这一次，它抄的是另外一首《折杨柳歌词》："健儿须快马，快马须健儿。跸跋（bì bá）黄尘下，然后别雄雌。"很明显，这是在讲赛马会的场景。健儿要靠骏马奔驰，骏马也要靠健儿驾驭。只有到滚滚黄尘中比试比试，才知道哪个是雄，哪个是雌。《木兰诗》的结尾，和这四句诗的结构差不多吧？可是，原诗说的是马，更具英雄气概；而《木兰诗》说的是小兔子，更娇俏，也更有生活气息。更重要的是，原诗说的是"然后别雄雌"，是一定要分出个高下；而《木兰诗》反其道而行之，说"安能辨我是雄雌！"意思是说，雄和雌本来就没什么区别，这不就别开生面了吗！这么一改，反倒比原诗更耐人寻味了。这就是人们常说的

"天下文章一大抄，看你会抄不会抄"。所谓"会抄"，其实就是取其精华，去其糟粕的再创造。

再看第二个好处。梗埋得深。《木兰诗》最大的梗在哪里？在"同行十二年，不知木兰是女郎"。前面说木兰"愿为市鞍马，从此替爷征①"，我们不免会疑惑，她一个女孩子，军队能要她吗？后面又说，"可汗问所欲，木兰不用尚书郎②"，我们也会疑惑，古代的皇帝有那么开通吗？不仅让木兰当兵，还让木兰当官。可是，一旦抛出这句"同行十二年，不知木兰是女郎"，我们之前的疑惑就豁然开朗了，原来，木兰这么多年都是女扮男装，玩角色扮演啊。而且，随着这个梗一抛出来，喜剧效果也就出现了，随着木兰家的门帘一掀，伙伴们都惊掉了下巴，一直并肩战斗的好哥们儿摇身一变，怎么就成了一个娇滴滴的大姑娘！吓了一跳之后肯定会尴尬，连手脚都不知道往哪儿放才好。然后呢？然后你看看我，我看看你，再一起看看木兰，肯定会哄堂大笑吧？笑木兰藏得深，也笑自己这么多年，傻透了！这就是难得的喜剧效果，让这首诗一下子就活起来了，显得又刚健，又婀娜，真是人见人爱。

既然说到人见人爱，第三个问题也就来了：古往今来，人们的价值观，审美情趣都发生了巨大变化，为什么木兰这个形象就能跨越时代，跨越国界，人见人爱，花见花开呢？这是因为木兰的精神内涵太丰富了，哪个时代的人都能从中找到自己喜欢的东西。比方说，

---

① 愿意去买鞍买马，从此替父亲征战。

② 皇帝问木兰想要什么，木兰不愿做尚书郎这样的官。

古代人重视孝道，而且，又总想着男主外、女主内的规矩，想要让女性服务家庭。木兰符合不符合这个要求呢？其实是符合的。她虽然出门去打仗，但是，那不是为了出风头，逞英雄，而是为了替老父亲分忧，是难得的孝心，这样一来，她出门就有理由了。而且，木兰得胜还朝之后，坚决不做尚书郎，而是"愿驰千里足，送儿还故乡①"，回家之后，又立刻"脱我战时袍，着我旧时裳②"，这不都是强调她重新回归家庭了吗！当年走出家庭合乎礼法，此时回归家庭，仍然合乎礼法，一举一动都不失孝顺女儿的本色，古代人怎么可能不喜欢呢？再说近代。近代中国落后挨打，追求国家独立，民族解放。木兰符合不符合这种时代精神呢？也非常符合。她那么多年女扮男装，"万里赴戎机，关山度若飞。朔气传金柝，寒光照铁衣。将军百战死，壮士十年归③"。这不都是为国征战，为国牺牲吗！这样的木兰，在近代还是英雄。再说当代。当代人最追求什么？当然是自我超越，自我实现。而木兰身上，无疑充满了这种精神。她"东市买骏马，西市买鞍鞯"的举动也罢，"双兔傍地走，安能辨我是雄雌"的宣言也罢，不都是要突破性别限制，实现自我超越吗？这样勇敢的女孩子，不用说当代的中国人喜欢，外国人也照样喜欢④。所以，才会有迪士尼公司那部

---

① 愿意骑上一匹千里马，把我送回故乡。

② 脱掉战场上的衣服，穿上我旧时的衣服。

③ 北方的寒风中传来打更的声音，清冷的月光映照着铠甲。将士们无数次出生入死，十年之后得胜归来。

④ 1880 年，传教士丁韪（wěi）良首次将《木兰诗》翻译到西方。

著名的电影《花木兰》。这种跨越时代，也跨越文化的感染力，才是《木兰诗》最精彩的地方，也是木兰身上最伟大的力量。

【思考历史】

◇ 了解一下《乐府诗集》，读一读有代表性的北朝乐府和南朝乐府，感受一下它们在风格上有什么区别？

◇ 《孔雀东南飞》与《木兰诗》一起被后人合称为"乐府双璧"。读一读《孔雀东南飞》，思考一下它好在哪里？

◇ 花木兰的故事被无数人演绎成文学作品、戏剧戏曲。去看一看这些作品都是怎么塑造花木兰的人物形象的？

冯小怜

　　北朝以征战立国。即便身为女性，也有许多人跟战场结下了不解之缘。不过，跟战争结缘的女性可不光有替父从军的巾帼英雄，也有祸国殃民的红颜祸水。本篇所讲的"祸水"，是北齐后主的宠妃冯小怜。

　　要想讲清楚冯小怜的故事，还得先说一下她的丈夫，北齐后主[①]高纬。高纬这个人，在今天知名度并不高，但是，他手下有两员大将，在历史上却是无人不知，无人不晓。这两员大将，一个叫高长恭，就是著名的兰陵王。此人号称古代四大美男子之一，据说，他因为美如少女，怕敌人看了有失威严，只好戴着面具作战。另一员大将叫斛律光，就是《敕勒歌》的演唱者斛律金的儿子，少年时期曾经盘马弯弓射大雕，号称"落雕都督"。兰陵王是北齐的宗室之英，斛律光是北齐的将帅之雄，这两个人结局如何呢？全都被高纬干掉了，这才是货

----

① 历史上称一个王朝或一个国家的末代君主为"后主"。如三国时蜀汉的刘禅，南朝陈的陈叔宝，南唐的李煜，他们都被称为"后主"。

漢宮春曉

仿宋人筆甲午荷月子陶□

清 金子陶 《仕女》◎

真价实的自毁长城。很明显，高纬其人既蠢又狠，是个昏君。

昏君基本上都会纵情声色。高纬曾经一下子把五百多宫女都封为郡君，手笔之大，在古代君王中也是赫赫有名。这样多情的人难免朝秦暮楚，用情不专，高纬光是皇后就换了三个。第一任是斛律皇后，就是大将斛律光的女儿，斛律光被高纬杀死之后，她就被废了。第二任是胡皇后，是高纬的母亲胡太后的侄女，后来受人陷害，也被废掉了。第三任是穆皇后，她本来是斛律皇后的侍女，小名叫黄花。因为巴结高纬的乳母陆令萱，就是电视剧《陆贞传奇》中陆贞的原型，一路过五关，斩六将，居然就坐到了皇后之位。刚开始，高纬也是把她宠上了天，曾经拿出锦缎三万匹，专门派人到北齐的敌对国北周为她购买珍珠。但是，高纬是个没常性的人，没过多久，穆黄花就真成

陆令萱的丈夫因被控谋叛而送命，陆令萱也被发配到宫中为奴。当高纬还是襁褓中的婴儿时，陆令萱便成了他的保姆。养育的恩情，加上生性巧黠，陆令萱很得高纬信赖，逐步掌握了宫中大权，甚至开始与朝堂大臣相互勾结，把控朝政，成为当时的无冕太后。甚至有大臣建议北齐后主高纬尊陆令萱为太后。通过她的干政行为和肆意妄为，可以看出高纬的昏庸。

陆令萱

了明日黄花，又被撂到了一边。怎么办呢？穆皇后本身是侍女上位，她使出了一招古代宫廷的惯用伎俩，又把自己的侍女冯小怜打扮了一番，推荐给了高纬。那一天正是五月初五端午节，古代又叫续命节，有戴续命缕的风俗，所以她还给冯小怜改了一个名字，就叫续命。想来，在穆皇后心中，冯小怜的人生价值就是帮她一起拴住皇帝，延续她的皇后生命吧。不过，穆皇后万万没有想到，她这一出手，非但没能给自己续命，反倒让整个北齐都没命了。

冯小怜是个有本事的人，一到高纬身边，就让高纬洗心革面，从滥情变为专情了。她是怎么做到的呢？因为她跟高纬有共同爱好。高纬酷爱弹琵琶①，经常用琵琶弹唱《无愁曲》，所以人称"无愁天子"。而冯小怜偏偏也是一个琵琶高手，还能歌善舞。有了这样的共同爱好，高纬对她的宠幸中就多了几分知己之情。就这样，高纬很快封冯小怜为淑妃，两人"坐则同席，出则并马"，发誓要同生共死。这样的故事，有点类似于后世的唐玄宗和杨贵妃②，并没有什么特别之处，但是，关键问题并不在于两个人发誓同生共死，而是两个人真的联起手来，一起把北齐政权搞死了。

他们俩是怎么做到的呢？有三个步骤。第一步，叫"再猎一围"。

南北朝时期，北方有两个对立的政权，一个是东边的北齐，另一个是西边的北周。双方一直龙争虎斗，都想吃掉对方。开始的时候，

---

① 高纬在位期间，一个名为曹妙达的人，竟然因为演奏琵琶技巧高超，被封为王。由此可见高纬对于琵琶的痴迷，以及他的昏庸。

② 杨贵妃除了貌美之外也和唐玄宗一样精通音律，所以唐玄宗非常宠爱她。

北齐兵强马壮，很占优势。但是，到高纬的时代，北周的实力已经超过北齐了。特别是高纬杀掉兰陵王高长恭和斛律光之后，北周更是举国欢庆，马上把灭亡北齐提上了议事日程。武平七年（576），周武帝①率领近十五万大军东出潼关，直扑北齐的军事重镇平阳，也就是今天的山西临汾。周武帝攻打平阳的时候，齐后主高纬在哪里呢？他正带着冯小怜在天池，也就是山西宁武县的管涔（cén）山打猎呢。管涔山在平阳北面，按照古代八百里加急的速度，平阳的告急文书很快就过来了。而且是"自旦至午，驿马三至"。可是，不管来了几次，齐后主根本没看到。为什么呢？一个名叫高阿那肱（gōng）的宠臣直接挡驾了。他说："此刻陛下正在和冯淑妃围猎呢，千万别打扰他们的雅兴！"就这样，到了傍晚，终于传来了平阳陷落的消息。这下，高阿那肱再也瞒不住了，只好赶紧报告高纬。要知道，北齐的军事重心在晋阳，也就是今天的山西太原。而平阳正是晋阳的南大门。此刻平阳陷落，高纬就算再荒唐，也知道应该亲率大军，立刻驰援。那冯小怜怎么办呢？按照道理，冯小怜是身手矫健的北朝女子，她既然能够陪皇帝打猎，应该也可以陪皇帝出征。此时高纬有急，作为皇帝的宠妃，她会不会像木兰那样，披挂上阵，为君分忧呢？她才不会。冯小怜说："既然平阳已经陷落，就算再着急也没用了。此刻我兴致正浓，

---

① 即北周武帝宇文邕，鲜卑族，560—578 年在位。他和宇文觉一样，都是宇文泰的儿子。宇文觉建立北周后，在位一年，后被从兄宇文护杀死，宇文护就此掌握了朝政大权。宇文邕即位后，于572 年杀掉了宇文护，开始亲政。他在 577 年消灭北齐，拥有了黄河流域和长江上游，为后来隋的统一奠定了基础。

还请陛下再陪我杀上一围。"这是多荒谬的想法，多无理的要求啊！可是，高纬听了之后，居然二话没说，当真又陪着冯小怜打猎去了。如此荒唐的事情，激发出唐代大诗人李商隐的创作热情，他写了一首著名的咏史诗，就叫《北齐》："巧笑知堪敌万几，倾城最在著（zhuó）戎衣。晋阳已陷休回顾，更请君王猎一围。"这首诗里有一个小错误，李商隐一不留神，把平阳记成了晋阳。但是，这个小小的错误，并不影响我们对整首诗的理解。冯小怜的巧笑比任何国家大事都重要，而她穿上戎装打猎的时候尤其娇媚。平阳既然已经陷落，那就别再想它了吧，还不如打起精神，再围猎一回。冯小怜身着戎衣却又阻挠军事行动，明知军情紧急还要再猎一围，把如此不和谐的事情放在一起，这是多么深沉的讽刺啊。

可是，这还只是高纬和冯小怜亡国三部曲的第一步，他们的第二个步骤，叫作"妆未化好"。

打完猎后，高纬终于调动了十来万鲜卑精锐，亲征平阳。皇帝亲征，这对北齐士兵是个巨大鼓舞，士气一下子高涨起来。而北周的主力当时已经回撤了，只留下一万士兵守卫平阳。很明显，兵力优势在北齐这边。很快，北齐的十万大军就把平阳城围了个铁桶一般。昼夜轮番攻城，把城墙上的堞（dié）楼 ① 都打秃了。攻城只是北齐军队的一个手段，他们仗着人多势众，一边攻城，一边挖地道。挖着挖着，平阳城的南墙轰的一下子倒了好几米。这不就出来一个大缺口吗？此

_____

① 城楼。

时冲锋，将是一个极为有利的时机。可是，就在这关键时刻，高纬突然叫停了！为什么呢？他想让冯小怜亲眼见证一下大军入城的光荣时刻。可冯小怜此刻不在身边，还在大帐休息。怎么办呢？高纬下令停止攻城，赶紧派人去请冯小怜。延缓入城已然荒唐，谁知更荒唐的事情还在后面呢。冯小怜一听要让她去观战，不是火速出门，而是不紧不慢化起妆来。她说，身为妃子，如果蓬头垢面就去见皇帝，那岂不是不敬！这样反复拖延的结果又如何呢？等冯小怜终于把妆化好，走到城墙边，北周的守城士兵已经用木头把垮塌的城墙堵上了。这不是贻误战机吗！这还不算，既然短时间内攻不下来，冯小怜干脆把围城当成了旅游。她听人说城西有一块石头上有圣人遗迹，非要去参观。高纬怕城上射箭不安全，居然抽调用来攻城的木头给冯小怜做远桥，让她站在桥上眺望。这可是在战场上啊，君王纵使轻社稷，忍畀（bì）江山奉美人！就这样，因为高纬昏招迭出，小小的平阳城围了一个月，硬是没有攻下。就在两军僵持的时候，周武帝亲自率领八万援军赶到了，准备和北齐决一死战。

到这个时候，也就迎来了高纬和冯小怜亡国三部曲的第三步，叫作"周师入晋阳"。

当时，北齐为了抵挡北周军队，挖了一条几米深的壕沟，强攻难度很大，所以，北周的军队一时之间也过不来，这对北齐来说本来是好事。可是，这样僵持几天之后，北齐这边先沉不住气了。高纬身边的宦官说："周武帝是天子，陛下也是天子，咱们怎么能守着一条壕沟示弱呢！倒不如填平壕沟，直冲过去，打他一个措手不及！"齐后主觉得这是个好主意，命令士兵把壕沟给填平了，向北周军队发

于非闇 《珊瑚凤头》◎

起猛攻。他和冯小怜并马而立，就在一边观战。

可是，就算观战，也是有章法的。战场上总是互有胜负，变化万端，这时候最考验旁观者的心理素质。当时，北齐军队实力并不弱，只是东翼稍稍退却了一点，局部进退本来是兵家常事，并不意味着什么。可是冯小怜不懂啊！她一看到自家军队退了，吓得花容失色，大叫"军队败了！"拨转马头就跑。高纬呢？也糊里糊涂跟着她跑。他们这么一跑，军心可就乱了，结果，这一仗北齐大败，战死的、踩踏死的兵将超过一万多人。不仅平阳没夺回来，很快连军事中心晋阳也丢了。此前我们不是提到了李商隐的咏史诗《北齐》吗？其实，这个题目，李商隐一共写了两首，还有一首用在这儿最妙："一笑相倾国便亡，何劳荆棘始堪伤。小怜玉体横陈夜，已报周师入晋阳。"什么意思呢？倾国倾城的美女嫣然一笑，国家就已经走在灭亡的路上。不必非得等到都城长满荆棘才感到哀伤。冯小怜玉体横陈，取媚君主的夜晚，已经预报了日后的北周军队攻入晋阳。李商隐是个真正的大诗人，他真敢用词，也真会用词。玉体横陈多么香艳啊，正是因为突出了玉体横陈的荒淫，才格外彰显出周师入晋阳的惨痛，如此强烈的对照，才是大诗人的手笔，也才能让这个词语流传了一千多年。

晋阳失守后，北齐亡国也就是时间问题了。高纬和冯小怜先是逃到了首都邺城，随后又逃往青州，准备投降江南的陈朝。可是，北周的军队早已志在必得，怎么可能让他们逃走呢？就在青州，高纬和冯小怜束手就擒，被押往长安。至此，高纬和冯小怜走完了亡国三部曲，自身也成了人家的俘虏。

这样的局面到底是怎样造成的呢？虽说高纬作为昏君罪责难逃，

但冯小怜的作用也真不算小。冯小怜和高纬两个人的配合度太高了，几乎可以说是"珠联璧合"的同案犯。在决定周齐历史命运的关键时刻，冯小怜打一场猎，化一个妆，再喊上一嗓子兵败，北齐就真的呼啦啦如大厦倾。她和荒唐的高纬半斤八两，恰是一对乱世奇葩。

然而，这一对政治上的乱世奇葩，却又是情感上的薄命儿女。高纬被押到长安后，跟北周武帝宇文邕见了面。面对多年的老对头，周武帝也想表现得大度一些，就问高纬还有什么要求。高纬呢，既不是铁骨铮铮地求速死，也不是可怜巴巴地求饶命，他只是说："请把我的淑妃还给我。"国破家亡，山谷陵替①，他唯一的要求，就是和冯小怜在一起。这种要求在雄才大略的周武帝看来太没出息了，周武帝轻蔑地说："我看天下也不过像脱下的鞋子一般，一个老太婆我怎么可能舍不得给你！"这真是"甲之蜜糖，乙之砒霜"，原来，在高纬眼中倾国倾城的冯小怜，在周武帝那边不过是一个老太婆而已。可是，唯其如此，倒让我们真的看出了一点爱情的样子。毕竟，连"在天愿作比翼鸟，在地愿为连理枝②"的唐明皇杨贵妃，都没能经受住马嵬（wéi）之变③的考验；而一向荒唐的高纬，倒是在这一刻选择了守护冯小怜。这种选择看起来没有帝王气象，倒也算不负佳人。

可是，亡国之君的爱情在现实面前是不堪一击的。周武帝的好

---

① "陵替"指纲纪废弛，上下无序，也指衰败。

② 出自唐白居易《长恨歌》，意思是在天愿为比翼双飞鸟，在地愿为并生连理枝。

③ 唐朝安史之乱中，唐玄宗逃命途中经过马嵬驿，手下将士哗变，杀死了奸臣杨国忠，并要求唐玄宗赐死杨贵妃。

心并没有维持多久，他很快就杀死了高纬，又把冯小怜赏赐给了自己的弟弟，代王宇文达。赏赐的理由也很有意思，宇文达一向不近女色，周武帝想跟弟弟开个玩笑，拿冯小怜来考验考验他。就这样，冯小怜又进入代王府，成了宇文达的小妾。那么，宇文达经受住考验没有呢？并没有。大概冯小怜确实太迷人了，很快，宇文达也和当年的高纬一样迷上了她，还为此跟自己的妃子李氏吵得不可开交。旧主才去，新主又来，冯小怜的命运早已不能掌握在自己手里，她是不是就能心无挂碍①，弃旧图新呢？冯小怜不是烈性女子，她照样给宇文达弹奏琵琶，可是，弹着弹着，弦却断了。冯小怜抚着断弦，唱了一首歌："虽蒙今日宠，犹忆昔日怜。欲知心断绝，应看膝上弦。"什么意思呢？虽然蒙受着你的宠幸，但是，我却始终难以忘却昔日的爱怜。如果你想知道我肠断的样子，就看看我膝上断了的琵琶弦吧。看来，冯小怜虽然软弱，却也并没有忘记高纬的深情。

再到后来，周武帝去世，杨坚逐渐掌握了北周的权力。杨坚杀死了碍事的代王宇文达，又把冯小怜赏赐给一个名叫李询的将军。而这李询，正是宇文达的妃子李氏的哥哥。这一下，冯小怜终于落入了虎口。当年，冯小怜曾经害得李氏吃尽了苦头，现在，李询的母亲决定要替女儿报仇。她没有给李询爱上冯小怜的机会，直接逼迫冯小怜自杀了。就这样，红颜祸水又变成了红颜薄命，让人在千年之后感慨。我一直在想，冯小怜悲剧的根源到底是什么呢？绝不是红颜，而是软

---

① 内心没有任何牵挂。

弱。而且，不是肉体的软弱，而是精神的软弱。她在北齐当淑妃的时候，不肯负一点政治责任，只知道任性胡为；在北周当俘虏的时候，又不敢做一点反抗，只知道随波逐流。她没有木兰的刚强，也没有绿珠的烈性，所以，才会像一棵小白菜一样，被装在盘子里，一会儿端给这个人，一会儿端给那个人，直至被丢进垃圾桶。这样看来，再美的玉体也终究需要灵魂的支撑，才能挺胸抬头，活成一个大写的人。

【思考历史】

◇ 看看北齐后主高纬和冯小怜的故事，再看看周武帝驾崩之后继位的周宣帝的故事，以及北周亡国的过程，思考下他们的故事能带给我们哪些"以史为鉴"的道理？

◇ 冯小怜没有承担起自己作为皇室妃嫔的政治职责，对比班婕妤和长孙皇后，谈一谈你的看法。

图书在版编目（CIP）数据

腹有青史言有章：蒙曼讲古代人物.魏晋南北朝 /
蒙曼著. -- 长沙：湖南文艺出版社，2025.8. -- ISBN
978-7-5726-2406-3

Ⅰ.K820.2-49

中国国家版本馆 CIP 数据核字第 2025XN8375 号

上架建议：少儿·传统文化

FU YOU QINGSHI YAN YOU ZHANG: MENG MAN JIANG GUDAI RENWU. WEI JIN NAN-BEI CHAO

腹有青史言有章：蒙曼讲古代人物．魏晋南北朝

著　　者：蒙　曼
出 版 人：陈新文
责任编辑：匡杨乐
监　　制：李　炜　张苗苗
策划编辑：张苗苗
特约编辑：张晓璐
营销支持：付　佳　杨　朔
版式设计：梁秋晨
封面设计：霍雨佳
内文排版：霍雨佳
出　　版：湖南文艺出版社
　　　　　（长沙市雨花区东二环一段 508 号　邮编：410014）
网　　址：www.hnwy.net
印　　刷：北京嘉业印刷厂
经　　销：新华书店
开　　本：680 mm × 955 mm　1/16
字　　数：83 千字
印　　张：7.25
版　　次：2025 年 8 月第 1 版
印　　次：2025 年 8 月第 1 次印刷
书　　号：ISBN 978-7-5726-2406-3
定　　价：34.80 元

若有质量问题，请致电质量监督电话：010-59096394
团购电话：010-59320018